天津市重点出版扶持项目

云顶

殷健灵 —— 著

天津出版传媒集团
新蕾出版社

图书在版编目(CIP)数据

云顶 / 殷健灵著. -- 天津：新蕾出版社，2022.1
ISBN 978-7-5307-7286-7

Ⅰ.①云… Ⅱ.①殷… Ⅲ.①长篇小说-中国-当代 Ⅳ.①I247.5

中国版本图书馆 CIP 数据核字(2021)第 212421 号

书　　名：	云顶　YUNDING
出版发行：	天津出版传媒集团 新蕾出版社
	http://www.newbuds.com.cn
地　　址：	天津市和平区西康路 35 号(300051)
出 版 人：	马玉秀
电　　话：	总编办 (022)23332422 发行部 (022)23332679　23332351
传　　真：	(022)23332422
经　　销：	全国新华书店
印　　刷：	天津新华印务有限公司
开　　本：	880mm×1230mm　1/32
字　　数：	100 千字
印　　张：	6.5
版　　次：	2022 年 1 月第 1 版　2022 年 1 月第 1 次印刷
定　　价：	28.00 元

著作权所有，请勿擅用本书制作各类出版物，违者必究。
如发现印、装质量问题，影响阅读，请与本社发行部联系调换。
地址：天津市和平区西康路 35 号
电话：(022)23332677　邮编：300051

我想走到田野里去,
看幼小蛮荒的生命绽放,
我想寻觅清澈与干净,
还有人间久违的高尚。

——作者题记

目 录

苗苗	1
小石头	10
果爸爸	25
苗苗	39
春晓	51
金枝	63
李千万	82
幼菊	96

苗苗	110
素歌	116
香卉	126
苗苗	137
肖书记	151
春晓	164
老夫妻	171
苗苗	183
后记	189

苗　苗

我们先前不住在云顶。先前我们住在彩云镇。再往前,我们住在巴中城。爸爸杨果、妈妈春晓和我,我们从来没有分开过。我们一次又一次搬家,住的房子一次比一次偏远,一次比一次狭小,一次比一次破旧。可是,我们从来没有分开过。

我的爸爸和妈妈都曾经是小学老师。我出生后,他们不再做老师。他们在城里临街的房子开出了一爿火锅店,在不经营火锅生意的早晨,就卖包子和豆浆。爸爸会做各种各样的包子,叉烧包、水煎包、小笼包、豆沙

 云顶

包、灌汤包……我被妈妈抱在怀里,目不转睛地盯着爸爸做包子。醒发的面团好像白胖的云朵,被爸爸宽厚的手掌揉搓、拍打、揪剂,然后变成一个又一个圆圆的扁扁的形状,再包上各种神奇的馅料……每当冒着蒸汽的笼屉被揭开,我就会欢呼,里面整齐摆放的包子像小白兔,像棉花糖。它们会变魔术,每次,爸爸都让我猜里面包的是什么馅心,每次,我都猜错。有时候我想,爸爸是故意让我猜错的,因为,他会特意为我包一些包子,它们的形状不一样,味道也和其他包子不一样。它们只属于我,它们好像迷人的谜。每天早晨,我们的店门口都会排长长的队,眼看一笼又一笼的包子空了,到最后,都会剩下一个——那是爸爸特意留给我的。

早晨过后,妈妈就开始忙碌了。我在店堂里跑来跑去,四周充满香得让人发晕的味道。妈妈是个魔法师,我猜,她掌握了世界上最特别的香料,用神秘的配方,将它们混合炒制在一起,然后,制造出让人上瘾的美味。我叫得出那些香料的名字,草果、豆蔻、砂仁、花椒、

香叶、桂皮、肉桂、茴香、八角、灵草、甘松、红蔻、荜拨、丁香……每一种香料的名字念起来,都带着唱歌般的音律,它们在一起合奏,谱出让人心醉的曲子。看哪,火红的锅底在铜锅子里沸腾,把食客的脸都映红了,他们围着桌子涮了很久、吃了很久、聊了很久,总是舍不得离开。

所以,当我的爸爸和妈妈要关闭他们的火锅店,准备带着我离开时,那些相熟的客人都挽留我们。他们觉得爸爸和妈妈在做一件傻事。

"人往高处走,水往低处流。"他们说。

"你们可以不为自己着想,但应该为苗苗的将来着想。"他们又说。

我不懂得爸爸和妈妈为什么要离开,也不需要知道他们为什么要离开。我只要和他们在一起。有爸爸和妈妈在的地方,就是我的家。

就这样,我们来到了彩云镇。彩云镇没有车水马龙,也没有炫目的霓虹灯,有的是石板青青,白云依依。

 云顶

我们的房子也临着街面,虽然比城里的房子小一些,但是有抽水马桶,有燃气灶台,还有舒适的席梦思床。我们不再有火锅店,家里不再有热闹的人来人往。爸爸和妈妈常常悄悄地商议着什么,有时候,他们也会争执。当他们商量事情的时候,我一个人坐在门口的小板凳上,看对面杂货店门板起落,看油漆斑驳的三轮"突突车"从石板路上颠簸着驶过。

我们只在彩云镇住了很短的时间,之后,就搬迁到了云顶。那里,并不是一个像它好听的名字那样叫人喜欢的地方。它藏在崇山峻岭的深处,蜿蜒的土路好像绳子,缠绕着山梁和石壁,一辆"突突车"载满我们的家当,醉汉一样在狭窄的山路上跌跌撞撞。它跳过积满雨水的泥坑,绕过雾气弥漫的密林,不知道究竟走了多久,在我快要睡着的时候,终于喘着粗气停在了山腰上一片石灰斑驳的两层楼房跟前。几根粗壮的竹子支起高大的门楣,木牌上用毛笔写着四个字:

云顶小学

妈妈说,这就是我们的新家。

我想象过我们的房子,它在叫作云顶的地方,我以为那里会有白云缭绕,推开窗,长着透明翅膀的天使就会扑面而来。可是眼前的一切不是童话。我看见教室里歪歪斜斜的破烂小课桌,还有和课桌一样破烂的墙壁,一口铁灰色的小吊钟在房檐下疲惫地摇晃。走道的尽头是灶房,里面没有燃气灶,灶台的火塘里松木和树枝

 云顶

一起噼噼啪啪唱着歌；长满青苔的山墙下，两只生锈的水龙头一滴一滴往外渗着水，好像总也流不完的眼泪。

  我们的卧室在二楼的角落里，小小的一间，爸爸、妈妈和我，挤在一张狭窄的硬邦邦的床上。可是，明明还有多余的房间。妈妈却说，那里将会住很多别的孩子。他们会睡在双层床上，一张床要挤上三个人，每天晚上，他们会脱掉鞋子爬上床，把每次睡觉当作爬山或者探险。

  我们不再有抽水马桶，也不再有随时可以使用的洗澡水。当然，我们也不再拥有电话。我们好像突然掉进了一个看得见天空的透明罐子里，这里真是安静，安静得能听见自己的心跳。我们有了一个不大不小的操场，它像山路一样坑坑洼洼，草儿在上面自由地生长。总有叫不出名字的长尾巴的鸟儿三三两两飞来，落在草丛里，或者跳上树杈，但是它们常常没有耐心，一眨眼，又呼的一声飞走了。

  我的爸爸和妈妈成了园丁、农民、木工和粉刷匠。

他们除草,从山上挖来各种树和花,种在操场的四周;他们铲去墙壁上剥离的石灰,刷上便宜的涂料;他们用水清洗破旧的小课桌,用钉子固定松动的桌腿……

爸爸还干成了一件轰动乡邻的大事。

他看到云顶的老人们没有通信设备,山里手机信号微弱,无法和远方打工的儿女们联系,竟买下长得看不到尽头的电缆线和数不清的电线杆,从山下的乡镇邮政所拉了一条十几公里长的长途电话线进山。人们说,爸爸在做一件别人想都不敢想的事,他们不敢相信,却总是忐忑又欢喜地巴望。

拉长途电话线的那些天,成了云顶的节日,乡亲们奔走相告,每一家都出了最有力气的人。他们打桩、拉线,想到这里不会再与世隔绝,所有干活的人都欢天喜地。

终于,云顶小学拥有了整个云顶第一部长途电话,爸爸在校门口安上了一只大喇叭。从此,云顶告别了没

 云顶

有长途电话的日子——谁家来了电话,喇叭里一吼,四邻八方都能听见。

有一天,我在刚刚被填平的操场上玩耍,云顶小学的门开了——从外面拥进来很多大人和孩子,我还没有看清他们的脸,那些大人就一个接一个离开了。大人们带来的孩子,有的走进了教室,有的站在房檐下张望和发呆。他们看上去有的比我大,有的和我差不多高,我静静地看着他们,没有人走过来和我说话。

"以后,你会和他们一起长大。"爸爸说。

"你会和他们交上朋友的。"妈妈说。

一夜之间,我们的家忽然就变得很大很大。这个家里,不再只有我一个孩子,而是有了几十个大大小小的孩子。我的爸爸和妈妈也不再是我一个人的爸爸和妈妈,他们成了所有孩子的爸爸和妈妈。

一年又一年过去,我就像校园里的茨竹,一寸一寸地蹿高。我的身边总是围绕着不停歇的孩子的喧闹——伙伴们一茬又一茬地长大,然后,又会像春笋一

样冒出新的小伙伴。转眼间,我也到了上小学的年龄,我就在爸爸和妈妈的学校里上学——我是他们的女儿,也是学校里最普通的学生。

在我上二年级的时候,云顶小学发生了一件让爸爸妈妈惊慌的大事。

云顶

小石头

　　小石头将自己藏在雷破石的缝隙中。

　　这块雷破石在云顶远近闻名。据说一百年前的一个夏夜,乌云密布的天空中划过一道耀眼的闪电,紧接着,平地一声炸雷,顷刻间,藏在密林中的巨石被一只无形巨手劈成了两半。巨石的一半矗立在原地,巍然不动,另一半微微倾斜,却也在风雨中稳稳当当地屹立了百年。巨石中间被劈开的缝隙,宽度刚好可以站立一个人,潮湿的石壁上爬满茂盛的青苔、虎耳草和石橄榄,时有爬虫甚至是蛇在腐叶中出没。

　　小石头紧紧地抱住自己的双臂,冻得瑟瑟发抖。虽然已是初春,冬的脚步仍在云顶的山谷里徘徊不去,加之连日冷雨潇潇,密林中湿气氤氲,加重了空气里的寒意。寒风将雨丝吹进小石头敞开的毛衣领子里,吸吮着他小小身体里残存的热量。

　　天色渐渐暗了下来。黑暗就像一头巨大的猛兽,啊呜啊呜,一口一口吞噬了远处的天空和山的影子。光线越缩越短,到后来,缩到小石头身边小小的一圈,终于悄悄地隐没了。天上没有月亮,也没有星星。小石头弓下身子,哭了起来。

　　他差点就忘记了自己为什么一个人来到了这里。其实,当最后一丝光线在山谷那边的天空消失,他就开始后悔了。因为对他来说,黑暗,要比爬虫和蛇可怕得多。黑暗,会让他的心发抖,让他的身体冰凉,好像泡在冰水里,一点一点窒息、沉没。

　　小石头从来没有见过妈妈。据说,妈妈生下他就跑去了很远的地方,再也没有回来过。因为爸爸太穷了。穷是什么

云顶

呢?它大概比黑暗还要可怕,可怕得把妈妈吓跑了。可是对于小石头,"黑"才是最可怕的。带给他"黑"的是后妈。

为了让家里不再穷,爸爸曲水平去了很远的地方打工,把六岁的小石头托付给后妈。后妈一定不喜欢爸爸的破房子,她一定也怕黑,所以她总是在夜晚躲出去。她去人多的地方,去光线明亮的地方,打牌,通宵达旦。为了防止小石头也像她一样跑出去,她临走时丢下一碗冷饭,把小石头关进了漆黑的柴火房。柴火房里,除了柴火,就是黑。小石头觉得,黑在他的想象里活了起来,变成了一只怪兽,或者说,无数只怪兽。只要他想,黑可以变成任何让人害怕的东西,它还可以变出很多种声音:窸窸窣窣、咯噔咯噔、铁达铁达……每一记细小的声响都仿佛利爪,挠在他的心上,让他浑身起鸡皮疙瘩;小石头甚至觉得,黑已经伸出了手,随时都会摸到他的身上。他在黑暗中哭着祈求黑不要伤害他,直哭得精疲力竭,绝望地睡去。他不知道黑是在什么时候退却的,天蒙蒙亮了,微弱的天光穿过高高的小窗子透射进来,灰尘在光柱里缓缓地跳舞。小石头也醒来了。门栓响了,后

妈回来了。可是小石头宁愿后妈不要回来,也宁愿自己不要醒来,因为到了天黑,他又会被关进柴火房,被黑吞噬。

一日复一日,一年就这样过去了。

过年的时候,曲水平终于回来了。一年没有见着儿子,曲水平觉得小石头非但没有长高,反而更显苍白和瘦弱。一条沾满脏污的裤子紧紧裹住他细瘦的腿,黑而大的眼睛闪着凄惶的光,泪水不时涌上眼眶。一年没见爸爸,在小石头眼里,爸爸也显得陌生。曲水平只有四十岁出头,却已经头发花白,眼角爬满细细的皱纹。他抱了抱小石头,嘴巴里呼出浑浊的气味。

后妈仍旧在夜晚躲出去,好像爸爸并没有回来。再后来,后妈连白天也不出现了。破旧的屋子里只剩下曲水平和小石头孤单的影子。小石头终于不用在黑夜的柴火房里被恐惧蚕食,不用哭泣到天亮。他睁着眼睛躺在铺着旧棉絮的床上,听见爸爸在他身边辗转反侧,长长地叹气。

天亮了,曲水平整理了一只行李袋,装进小石头仅有的几件衣物。他提着行李袋,牵上小石头的手,走上了山梁。亮

云顶

白的阳光从高处射下,迷眩了小石头的眼睛,他几乎已经习惯了黑,恣肆的阳光反倒让他不知所措。

"爸爸送你去一个地方,那里会有人照顾你。"曲水平说。

"我哪儿都不想去,只要和爸爸在一起。"小石头说。

曲水平垂着头不说话。

"爸爸,你又要走了吗?"小石头又问。

"你七岁了,别的孩子像你这般大,都该上小学啦。"曲水平答非所问。

他们绕着山梁走了一个小时又一个小时,累得小石头再也拖不动脚步,终于,远远看见山腰上那座竹子搭成的大门,还有大门上用毛笔书写的四个字:云顶小学。

曲水平的脚步轻快了起来。看到这四个字,曲水平两眼放光,那是他千辛万苦才找到的托付小石头的地方——小石头将在这里正式成为一个一年级插班生,更重要的是,这里有一张可以安放小石头的床。

陆续有人走进校门,一个或者几个大人,领着一个或者

几个孩子。他们把孩子交给杨果和春晓,带着殷殷的期盼,也带着含辛茹苦后的如释重负。他们凭本能觉得,眼前的这对夫妇值得被信任、被托付。

杨果细瘦,春晓圆胖;杨果神情温和,春晓总是笑意盈盈。两个人在外貌上相去甚远,站在一起,却有一种说不出的和谐。

曲水平把小石头领到了杨果和春晓面前,递过行李袋,转身去校门口的烟杂店里买来一箱乳酸菌饮料。小石头被春晓引领着去上厕所,曲水平向杨果做了一个"嘘"的姿势,背转身,飞一般地逃出了校门。

他无法面对小石头不舍的目光,更害怕孩子的挽留成为心上挥不去的负担。曲水平逃得有些窝囊。窝囊,大概是他人生的常态了。

这半生,曲水平过得不容易,因为穷,三十好几,还讨不上一个媳妇。他去那个女人家里帮工,白干了三年活,得到的回报就是给他生下个小石头。

小石头的记忆里没有妈妈,也从未享受过妈妈的爱抚,

云顶

他总是要抱抱,抱住曲水平的腿,小脸蹭啊蹭,把鼻涕蹭在曲水平的裤腿上,也把自己蹭成一个小花脸。小石头六岁那年,曲水平给儿子找了个后妈,她的孩子已经成人,去了山外打工。曲水平哪里知道她那么贪玩,一到晚上就把小石头锁进柴火房。他过年回家那几天,小石头天天夜里从噩梦中惊醒,醒来时都是冷汗淋漓。他和女人大吵了一架,她便赌气跑了,一去,就没了踪影。可是,一旦去过山外,就舍不得回来——那里的钱好挣,曲水平想让小石头长大了不再像他那样苦。他找谁去托付小石头?一筹莫展之际,村里有人告诉他,一对夫妇从城里回来,接管了被废弃的村小,专门照看留守儿童,管学习,还管生活起居,已经在山里扎根了好些年。真是皇天不负有心人。他得知消息的当天设法联系了杨果和春晓,第二天,就带着小石头上路了。

曲水平丢下小石头,脚步飞快,一忽儿,就在山梁上消失了。小石头上完厕所回来,不见了爸爸,哇哇大哭。春晓哄他,他不听,跺着脚追向校门外。杨果赶紧跟过来关校门,用铁链子缠绕了两扇铁栅栏门,又套上一把铜挂锁——只是没有锁上,随时都会有人带着孩子过来,加之小石头个头矮,凭他的身高还开不了锁。春晓搂着哭泣的小石头进了用作学生饭堂的教室,和其他孩子一起排排坐。管伙食的张美云正从灶房里端了盛满蒜薹炒腊肉的菜盆走过来,几个大孩子跟在后面,有的端汤盆,有的端饭锅。春晓安排大孩子给小孩子盛饭、打菜。见了碗里的饭菜,小石头不哭了,走了这么久的山路,他早已饿得前胸贴后背,三两口,就把饭扒拉个精光。

本以为小石头只是小孩子耍性子,容易忘事,杨果和春晓都没料到,天还没黑,小石头竟从他们的眼皮底下消失了。

小石头趁大人没注意,踮起脚悄悄卸下校门上的挂锁,闪身跑了出去。他不知道该去哪里,心里只有一个念头:自己不见了,就可以让大人着急,尤其是让爸爸着急,这样,爸爸就不会抛下他出远门。稀里糊涂地,就跑进了这片密林,他没想到,当天色暗下来,密林里影影绰绰的树影比黑暗的柴火房更可怕。

天边最后一缕光线在瞬间被怪兽的嘴巴吞没了,黑暗

云顶

像一块巨大的幕布,将山谷和村庄罩得密不透风。大风带过冷雨,漫山遍野黑影乱舞,夹杂着尖厉而恐怖的呼号。那些原先静止的草木全都活了过来,它们倏忽间长高,扭动身躯,向小石头伸出长舌和利爪……小石头抱住脑袋,蹲下身子,瑟瑟发抖,哭着喃喃道:"爸爸,爸爸……"

但是,爸爸曲水平没有来救他。过了很久以后,曲水平才知晓小石头在他离开的当天有过那样一次惊心动魄的遇险经历。当小石头被困在雷破石中间哭得撕心裂肺的时候,曲水平已经坐上了开往东北方的硬座列车,车窗玻璃上映出他一顿一顿打瞌睡的侧影——他已经是一个白发丛生的半老头了。

杨果和春晓找到小石头已经是后半夜了。他们发动了全村的人找遍山谷。幸运的是,小石头的藏身之处远近闻名,是村里人的必搜之处。他被人从雷破石中间抱出来时,已经哭得没有了力气,惊吓与发烧让他意识模糊,他像一片叶子耷拉在杨果的臂弯里。春晓将他接过去的那一刻,眼泪情不自禁流下来。她让苗苗睡到旁边的旧沙发上,给迷迷糊

糊的小石头换上干净的衣裳,又给他吃了退烧药,一整夜都将他搂在怀里。那一夜,小石头一直在梦呓里喊:"怕,怕怕……"

春晓搂着小石头睡了两夜。苗苗窝在旧沙发上,沙发的弹簧坏了,就好像陷落在软软的沙坑里,翻身都困难。到了早晨,她向妈妈抱怨。

妈妈说:"小石头在发烧呢……"

苗苗低声咕哝道:"谁让他跑出去……"

"小石头难道喜欢在夜里被雨淋,喜欢在密林里受惊吓?你身边有爸爸妈妈,小石头没有呀!"苗苗接住了妈妈责怪的目光,垂下眼睑,不说话了。

到了第三天,小石头才退烧。他清醒过来时,见了杨果就躲。

孩子们有些怵杨果。若是他们在吃饭时和就寝前喧闹,杨果一走进去,便立刻阒寂无声了。他们记起杨果"食不语寝不言"的训诫,虽不完全解其意,却大致知道在该安静时必须安静的道理。杨果给孩子们立了不少类似的规矩,譬如

云顶

"尊长扶幼"——对长者要尊敬,对幼小者要照顾。大孩子帮助小孩子穿衣洗漱,教小孩子上厕所擦屁屁。孩子们玩耍时跌倒了,杨果都要远远吼一声,"勇敢些,自己爬起来"。于是,孩子们即便摔疼了哭两声,不消一会儿,又会满操场疯跑。杨果不得不让稍大的孩子担起兄姐的责任,不得不让远离父母的他们早早自立,让孩子们明白万事都得靠自己的真理。

整个云顶小学,从学前班到小学三年级,学生统共五六十人,老师除了杨果、春晓,只有两位村办教师陈伟强和罗素英。杨果教三年级,罗素英教二年级,陈伟强教一年级,春晓负责学前班。从语数外到音体美,样样全包;从星期一到星期五,日日无休。陈伟强的妻子张美云负责全校师生的一天三餐,杨果和春晓除了教课,兼顾所有孩子的生活起居。校长杨果是后勤部长、维修工和采购员,到了晚上,就成了给每个学前班孩子洗脸洗脚的"果爸爸";春晓是各项文艺活动的总策划,是校医,还是给所有孩子洗衣服洗被褥的洗衣妇,给小孩子每周沐浴的搓澡师,孩子们不叫她"老师",

更多的时候叫她"春晓妈妈"。春晓其实也担得起"妈妈"的称呼,经过单打独斗的前几年,这些年,国家在贫困地区开展"童伴妈妈"项目,春晓顺理成章地成了村里的"童伴妈妈",以云顶小学为据点,辐射到附近乡邻,关照没有条件住读的留守儿童和空巢老人。叫春晓"妈妈"的,除了云顶小学的这些孩子,还有村里的好多孩子呢。在孩子们眼里,果爸爸严厉,春晓妈妈亲和,这么多年过去,学生换了一茬又一茬,这云顶小学俨然一个人丁兴旺的大家庭了。

小石头虽然年纪幼小,初来乍到,却也隐约知道自己的出逃给学校添了大麻烦。他发烧的那几天,春晓特意将他留在身边日夜照顾,等退烧了,才送他回自己寝室睡觉。和小石头同睡一张床的水冬上三年级,每天起床时帮助他穿衣服。

水冬一边给小石头的外套拉拉链,一边严肃地说:"果爸爸早晚要找你谈话!"

小石头听了不吱声,却不由得浑身一激灵。

水冬说对了,当天傍晚杨果就把小石头从一年级教室

云顶

里叫了出去。

小石头缩在墙角,低着头,恨不得立刻把自己变成一只小小的黄豆雀,扑棱一下翅膀,就飞得无影无踪。可是,他变不成黄豆雀,只能傻傻地待在原地,脚底像是给胶水粘住了,紧张得挪不动步子。

"来,跟我走。"杨果冲他招招手。

小石头缩着脖子,仍旧不挪步。

杨果走过来,用大手轻轻揽住他的后脑勺,推着他往前走。小石头只好跟着果爸爸一起走。

他们走上了那条小石头似曾相识的逼仄的山路,前些天,小石头就是循着它摸进密林的。密林和雷破石,是小石头的噩梦。他才不要再去!

可是杨果偏偏领着他往那里走,不由分说的。见小石头犹豫,杨果半开玩笑道:"不想去?那前些天怎么敢一个人往那里走?我还想叫你领我去呢!"

小石头吸了吸鼻子,干脆蹲下身子,赖在了地上,嘴里嘟囔道:"不去……那里有妖怪。"

"妖怪？我就喜欢妖怪，我们一起去找它们玩。"杨果说着，扯住小石头的袖子。

小石头咧了咧嘴，几乎要哭了。

杨果笑了："放心，妖怪见着我就怕，它们不会欺负你的！"说着，把小石头的手抓紧了。

小石头这才不情不愿地跟上了杨果的步子。

从云顶小学往西上坡，不到一百米便岔出一条幽密的小径，小径两边长满枝叶繁密的含笑，每一茎枝叶上都托举着一朵淡黄色的小花。那些小花散发着幽香，招引着你，好像在说："来啊，来看花儿啊！"小石头就是被它们招引进密林的吧？

现在，它们一定也招引了杨果。杨果对小石头说："来，我们一起去看看，那些吓唬你的妖怪都长什么样？"

那个在小石头记忆里妖怪乱舞的雨夜，和之前在柴火房里的漆黑夜晚混杂在一起，它们织成蛛网，缠绕着小石头的心和眼睛，它们让稚嫩的心更加敏感脆弱，让孤单的眼睛更加惊慌无助。杨果领着小石头重返密林，他想小心拂去那

 云顶

颗小小的心上的浮尘,慢慢让那颗心恢复轻灵通透。但他不知道自己能否做到——因为,小石头和他所有教过的学生都不一样。

果爸爸

云顶是杨果的出生地,为摆脱穷困,他十四岁走出大山谋生,一路摸爬奋斗,十八岁成了小学代课老师,二十出头就成了校长助理,三十三岁时下海开饭店,三十五岁时却重回家乡接手了被废弃的云顶小学,专门招收大山里的留守儿童。对于杨果的回来,有人不解,有人欢喜,更多的人观望。

云顶小学有着百来年的历史,是杨果的小学母校。云顶是茶乡,茶树满山遍野,云顶人爱茶、懂茶,他们知道一杯好茶需要天地阳光雨水的造化,也需要采摘和制作时的心如止水与精细恭敬,因此云顶人喜静,尊重读书人,有着砸锅

云顶

卖铁也要让娃读书的传统。云顶小学原是私塾,解放后转成公办村小,二十世纪七八十年代最兴旺的时候,全校师生近千名。但是,随着村里的壮年人陆续走出大山打工谋生,尤其是乡镇中心校合并村小,到了杨果接手那会儿,云顶小学已经关停了。

杨果的太爷爷和爷爷都曾是小学校长,世代爱读书。世事变幻,家道中落。杨果十四岁不得不离家时,病榻上的父亲叮嘱他:"改变一个人命运的,除了财富,就是知识。财富看得见,知识看不见,相比财富,知识是可以通过你的努力掌握的,它可以让你心胸开阔。"杨果记着父亲的教诲,稍稍解决温饱问题,就设法上业余学校进修,最终当上了代课教师。他就是在那所小学里认识了同是代课教师的春晓的。那一年,春晓十八岁,杨果二十六岁。五年后,两人结婚,再过两年,女儿出生,夫妻俩都是代课教师,工资菲薄。为了让女儿过上更好的生活,两人暂时放下教职,成了火锅店的老板和老板娘。

杨果每年都带着春晓和女儿回云顶看望母亲,一去总

要待上一段日子。眼看着越来越多的年轻人走出大山,云顶变得越来越寂寞,杨果心里有一丝说不出的惆怅。他经常见着乡邻的孩子在本该去上学的时间在山里玩耍或者干农活,问了才知,原本的村小关停了。父母都外出打工,中心校太远,年迈的祖父母无力送他们上学,这些孩子只能闲荡着。杨果便盘算着,从城里回来——云顶,也许是最需要他的地方。他吞吞吐吐地跟春晓透露了自己的打算,没想到,春晓竟爽快地答应了。

"其实,我更愿意苗苗回到农村接受教育。"春晓说,"让孩子天天和山和水在一起,多好!"

"那些孩子的心情,我能体会。"春晓又说。

和杨果一样,春晓也在山里长大,但她不及在父母身边长大的杨果幸运。她两岁时父母亲就离家去了广东打工,算是第一代留守儿童。春晓很少提小时候的事,杨果只知道春晓和爷爷感情特别好,可惜爷爷在她九岁时就去世了,春晓最大的遗憾是没有机会孝敬爷爷。

杨果和春晓夫妇回到云顶时,人们是惊诧的,陈伟强和

云顶

罗素英也惊诧。原本云顶小学停办，陈伟强打算和妻子张美云一起去城里的女儿家里带外孙，罗素英呢，正盘算着北上打工。杨果和春晓找到他们，说云顶小学需要他们，不能走。于是，三个人都留下了。

杨果和春晓接管云顶小学后，一干就是很多年，落寞的小学校终于有了热闹的模样。每天天蒙蒙亮，晨起的钟声和村落里公鸡的啼鸣同步，一双双小脚在楼梯上踢踢踏踏，灶房里的柴火噼噼啪啪，白色的炊烟袅袅升起，沉睡了一夜的操场也慢慢醒了过来。好动的孩子三三两两跑到外面拍皮球，跑动着，抓起一只球跃身投篮，球撞在篮球筐上，在寂静中发出"嘭嘭嘭"的清亮回声；好静的孩子，便站在走廊里朝外张望，校园的围墙外有的是看不厌的风景。大女孩呢，这个时候就操起一把木梳子，帮着小女孩梳头、扎辫子，顺便，把她们身上没穿齐整的衣裳整理好。这时候，张美云一声"吃早饭咯"，把孩子们哗啦一下全都召回了饭堂。早餐通常是一碗米饭，配上热乎乎喷喷香的土鸡蛋汤。汤里与黄澄澄的鸡蛋相伴的，或是碧绿的四季山野菜蔬，或是红亮的火腿

肠,或是白嫩的粉丝,一碗热汤热饭下肚,活力满满的一天就开启了。

很多年过去了,孩子们来了一拨又一拨,从学前班上到三年级。四年级了,便去遥远的中心校住读。但到了节假日,离校的大孩子仍旧一茬又一茬地回到云顶小学。他们的父母一年见不上一回,只有果爸爸和春晓妈妈一直安心地守候在这里。他们回到这里的几天,就成了果爸爸和春晓妈妈的助手,帮着照看小小孩,给他们洗衣服、洗澡,也洗刷自己穿了一季的衣服和鞋子。每到节假日,云顶小学的操场上便张挂起数不清的刚洗干净的衣物,花花绿绿的,仿佛万国旗飞舞。

看着这些忙碌着的大大小小的孩子,杨果心里感到安慰。守护这些孤单的孩子长大,他一直充当着"严父"的角色,他教孩子们知识,更教他们做人。他遇过好些棘手的孩子,都能慢慢找到应对他们的办法。但像小石头这样小小年纪就受过精神创伤的孩子,却不多见。但杨果不急,他有足够的耐心。

云顶

　　他牵着小石头的手走进密林,感觉到孩子的手心汗津津、冰凉凉,他把孩子的手捏得更紧了。他要带小石头去看那些在黑夜里吓唬他的"妖怪",要让小石头自己搬掉压在心上的大石头。杨果心想,这些小石头眼里的"妖怪",在他小的时候,实在是亲近得不得了的朋友呀,它们不仅护卫了他,还哺养了他呢!

　　小径顺着山坡起起落落,时而陡峭,时而舒缓。刚下过雨,脚下湿滑泥泞,一大一小两个人顺着小径磕磕绊绊地走,不时被一丛一丛伸出来的灌木阻挡。杨果一脚跨过去,又反身来牵小石头的手。

　　"这里除了树和草,哪有什么妖怪?"杨果问小石头。

　　小石头四下张望,一脸迷惑,吞吞吐吐地说:"现在天亮着,妖怪不出来,到了晚上,它们就出来了!"

　　杨果像是没有听见,俯身从潮湿的树丛里,捡起一朵浅黄色的菌子,递给小石头:"看看,这是什么?"

　　小石头接过,好奇地看,又用小手小心地触摸。那菌子鸡蛋大小,正面黄褐色,背面细孔密布,像是蜂窝,摸上去,好像软绵绵的蛋糕。小石头忍不住想用舌头去舔。

"小的时候,我们都叫它蜂窝菌,炒着吃,可鲜了!"杨果说。

原来是这样!小石头歪着脑袋笑了。他埋下头,想在树丛中捡更多的蜂窝菌,果真又捡到了几朵。

杨果变戏法似的从衣服里摸出几只塑料袋,将菌子装入其中一只,递给小石头:"拿着,多摘一些,回去交给张姨炒菌子吃。"

"果爸爸小的时候,嘴巴比你还馋。"杨果说,"这山里,到处都是好吃的。这些树啊,花啊,草啊,救过我的命,要是没有它们,说不定我就饿死了。"

听说有好吃的,又听说果爸爸要讲小时候的事,小石头的眼睛亮了。他暂时忘记了之前的不情愿和害怕,专注地听杨果讲起故事来。

"我是老幺,上面有七个哥哥姐姐,加上我爸我妈,还有奶奶,有十一张嘴巴要吃饭哪。家里的粮食不够吃,我爸就说,大山是一座财宝山,里面藏着好多好吃的东西,山里的

云顶

人家饿不死。我不信,我爸就带着我转山。跟着他,我认识了很多草啊,花啊,树啊,我们把花草采摘回家,嘿!真的能吃,还很好吃呢!"

杨果说着,随手从地上抓起一把野菜,往另一只塑料袋里装。"这叫黄金叶,可以做汤,可以清炒,味道很清香。"

杨果教给小石头,黄金叶的叶子是小小的心脏形,头儿尖尖,闻起来,有一股清凉的味道。小石头照着杨果说的,蹲在地上找,小手在野草丛中扒拉,果真又找到一些。有些认错了,也被小石头捡进了袋子,但杨果没有说破,悄悄地挑出来,扔到了一边。

一路上,杨果又教小石头认了很多种野菜。那种叶子长得像羽毛、开出黄色小花的,是蒲公英,可以清炒也可以凉拌,它有一点点苦味。那种茎叶带了一点点紫红色的,叫作折耳根,不但可以做菜,还可以治痢疾呢,它有一点腥味。哦,那一丛丛的,好像攥着一个个小拳头伸向半空的,是蕨菜。它的吃法可多了,凉拌、水煮、素炒,它的根茎还能做成爽滑的蕨根粉,有滋补的效果呢!

"前几天,张姨刚做过蕨菜炒腊肉,好吃不?"杨果提醒小石头。小石头频频点头,不由得咽了口唾沫。

"这些植物不光能吃,还有别的用处呢!"

"啥用处?"小石头听得入了迷。

"这是油桐,"杨果指着一棵高大的有着卵圆形叶片的乔木说,"到了夏天,它会结出球球一样的果实。桐子可以熬工业油,用来做油漆呀、涂料呀,我们小时候还用它来做胶水。桐叶采回家,用来包粑粑,上锅蒸了,桐叶里的清香味都渗到了粑粑里,可香了!"

"喏,还有这个,"杨果又指了指油桐旁边略微低矮的乔木,"这个是皂荚,等天气暖和一些,它就会开花结果,它的果子长得像豆荚。小时候,家里买不起肥皂,就拿皂荚树的果实当肥皂用。"

小石头伸出手,摸了摸皂荚树的嫩芽,想象着,当作肥皂用的果实该是怎样神奇。他几乎忘记了自己走进密林前的忐忑,更忘记了那天夜晚在这里遭遇的惊慌和恐惧。眼前的密林恍然变成了藏着各种奇珍异宝的童话世界,而平时

云顶

看上去严肃的杨果老师,好像也变成了一个兴奋的男孩子,他对那些看上去奇奇怪怪的植物如数家珍,他的眼睛随时都会被点亮。

"毽子!"杨果欢呼一般地从脚边拾起一片碗口大小的叶子。那叶子莲叶一般的形状,中间露出一个小洞,杨果熟练地将柔韧的叶柄从小洞里反穿过来,那片叶子就成了小降落伞的模样。他将"小降落伞"往半空轻轻一丢,小伞稳稳落下,杨果便踢起了毽子。

小石头也要踢,脚底没有站稳,一个趔趄扑在了杨果的怀里。杨果抱住他,拍拍他的背:"这里到底有没有妖怪?"

小石头仰起身子,四处张望了一会儿,笑了。

此时,太阳已经隐没在群山中,夜晚甩了一下巨大的透明的裙摆,慢慢地罩住了山谷。不远处的雷破石像巨人的影子一般矗立着,密林在温煦起来的春风里瑟瑟摇曳,窸窣低语。小石头向杨果伸出了手,把自己的小手交到杨果温厚的手掌里,让果爸爸笃定地牵着走。

杨果轻轻叹出一口气,在密林的静谧中,那声音再轻,也能被听到。但小石头并不在意,他几乎是在一跳一跳地走。

三十多年前,父亲也曾这样牵着自己在山里的小道上走,杨果回忆着。在小石头这样的年龄,他曾经以为山路长得永远都到不了尽头,他可以和父亲一直一直相依相伴地走下去。但在他十二岁那年,父亲病倒,他没有想到,十四岁离家后不到一年,父亲就永远离开了他。他向小石头回忆了童年的山野欢乐,却回避了那些与植物有关的伴随着凄苦和无望的片段。为了治父亲的肺病,他照着医书冒险去山里采药,涉过溪水,攀爬峭壁。医书里每一个和肺病有关的草药名字,在他眼里都像宝石一样闪闪发光:虎杖、石斛、麻黄、甘草、穿心莲、葶苈子……每找到一种草药,他心里都会点亮一簇希望的火苗。他将采摘到的草药欢喜地带回家,让母亲煎煮、熬制。他天真地想,这些草药也会像那些喂饱了全家人的野菜那样让父亲恢复健康。

他看着父亲咕咚咕咚喝下碗里的药,刚喝下最后一口,父亲就气喘不停,咳嗽连连。他半夜醒来,总能听见隔壁传来父亲的咳嗽声,那咳嗽声日益剧烈,发出风箱嘶鸣一般的

云顶

气声。在寂静的夜里,那声音刺耳戳心,忽而,那咳嗽声会猝然停止,他便在黑暗中惊惧地睁大眼睛,周身泛起冷汗。少顷,那停顿了的咳嗽声又起来了,断断续续,他紧绷的肌肉和揪疼的心才略略放松。他总是睡得浅而迷糊,像一片被风吹着走的湖面上的叶子,仿佛总是在担心又总是在企盼黑夜里父亲的声音。

然而,那声音终于在某一个凌晨消失了。那年冬天,他回家探望父亲。一个阴湿寒冷的早晨,他被妈妈带着哭腔的声音叫醒。奶奶、哥哥姐姐们已经围在了父亲的床头。在大家的啜泣声中,奶奶一边哭一边抚摸着父亲的头发,就像在抚摸一个睡着的孩子。父亲的头发很长,黑发里夹杂着丝丝白发,他安静地躺着,不再咳嗽,脸白得像纸……妈妈扑倒在父亲身上,肩膀剧烈地耸动着,撕裂一般的哭声将小小的屋子淹没了。直到杨果成年,他都无法确认当时眼前的场景,那时的他呆呆地站在那里,脑袋轰地响了一下,只觉得自己正在经历的一切都是不真实的,它到来得那么突兀和荒诞。

我们没有爸爸了,这个念头像一把利刃狠狠地戳了他。

一路长大,杨果都在确认"没有"的含义,没有,就是曾经有过,然后失去,或者,别人有,而自己缺失。可是,当自己拥有的时候,从来没有为失去做好准备;而别人有的,就会让没有的自己自惭形秽。杨果现在,面对的就是这一群"没有"的孩子。

天终于全黑了,杨果打开了手电筒,雪白的亮光像是给脚下的山路撒上了一层莹白的雪。他牵紧了身边小石头的手,说:"饿了吧?该回家吃饭了,让张姨给我们炒野菜和菌子吃!"

小石头一迭声应着,声音里透着松快。两个人一格一格小心地走下雷破石边上长满苔藓的石阶,踏入野草覆盖的小径。夜晚的天空并不是全黑的,透着淡淡的青黄,衬出连绵群山和村落模糊的影子,云顶小学灶房上的烟囱正飘出缕缕白色的炊烟,像是给这幅淡墨画描上了轻灵又婀娜的一笔。

苗 苗

当发现小石头失踪的时候,我看见了爸爸和妈妈眼里从未有过的惊慌;当小石头被爸爸抱回来,我从妈妈的眼睛里看见了那么深那么深的怜爱,那种浓稠的爱让我的心里暗暗发酸。夜里,我躺在软塌塌的旧沙发上,发烧的小石头却在妈妈的怀里睡意沉沉。他们不怪小石头的出走,却责怪我的小气和不懂事。我从妈妈的眼神里读到让我陌生的东西,她究竟是更爱"小石头"们,还是更爱我?

就像妈妈说的,我应该懂事了。我是妈妈的女儿,

 云顶

当我心里为了小石头暗暗发酸,也会暗暗地为自己感到难为情。因为我上二年级了。二年级的孩子,在云顶小学就不再是小孩子,我们会做一些力所能及的事,比如教学前班的小不点儿擦屁屁和洗脸,比如轮流打扫操场和厕所。

自从爸爸第一次带小石头去了密林,他们又去了第二次、第三次。小石头总是把自己的小手啪地一下交到爸爸的大手中,让爸爸牵着他,去往那个藏满了植物宝藏的地方。第四次,爸爸也带上了我。我和小石头在密林里捉迷藏,一起认识有着奇怪名字的花草树木,一起把好吃的野菜带回家。起先,小石头常常默默不语,但到了后来,当我们去了一次又一次,当我们在林间嬉戏,我们的笑声便像细碎的阳光一样洒落一地。

是哟,总是有很多开心事!

罗老师是我的"全能老师"。她念英语的时候,好像好听的鸟叫。她每天早晨骑一辆自行车,像仙女一样出现在山里的晨雾中。当太阳即将落山,她又骑着自行车

背衬着金色的余晖,消失在蜿蜒的山道那头。

山道弯弯,我们来到云顶这些年,它从原来尘土飞扬、崎岖不平的土路,变成了平坦油亮的柏油路。"突突车"不见了,汽车开了进来,自行车转着铮亮的车轮,在山谷里忽隐又忽现。一栋又一栋崭新的小楼,在山谷间,在植物葱郁的山道边,春笋一样地冒出来。我们小学校的公共厕所也终于贴上了白瓷砖……小学校里的公用电话不再稀罕,几乎人人都有了手机,手机信号变得通畅,山里和山外的世界忽然变近了……

这一切都好像魔术,仿佛有一只看不见的手,让每样东西都变得更好。

不过,我们还像以前那样。我是男孩和女孩们中间的一个。除了我的身边有爸爸妈妈,其余的,我和他们都一样。

清晨,我们一起用水管里流出来的清凉的山涧水刷牙、洗脸,一起呼噜噜地吃张姨做的汤泡饭。这时候,晨风送来陈老师的歌声——他每天早起都会唱歌,用

云顶

一支干巴单调的话筒。陈老师的家在校门口一栋二层楼的房子里，那栋房子有着裸露的水泥墙壁和水泥楼梯。有人说，他是在给张姨唱情歌，他的歌声抒情而又忧伤。可是有时候，我觉得陈老师像个大男孩，他遇到开心的事情会大笑，吃到好吃的东西，会摇头晃脑。

白天，我们一起坐在墙壁斑驳的教室里上课，小课桌稍稍一动，就吱吱嘎嘎呢喃。我们每天面对同一个老师，学前班是我妈妈，一年级陈老师，二年级罗老师，三年级我爸爸，他们从早到晚教我们，从语文数学教到音乐美术。最厉害的是我妈妈和罗老师，我妈妈是唯一会编舞蹈的老师，罗老师是唯一会讲英语的老师，别人教不了的课，她们会教。

晚上，我和别的孩子一起洗脚洗脸。洗脚和洗脸的时候，我们会偷偷地玩水，把袖子和裤腿都弄湿。如果是冬天，就会把自己冻感冒。要是给妈妈看见了，她会拿眼睛瞪我们，然后，我们就乖乖地不玩水了。我洗完了自己的脚，还要给三岁的心心洗。我们每个大孩子都有"任务",我们的"任务"是照看学前班的小小孩。

  我那么喜欢心心。她小小的,嫩嫩的,好像一朵被露水沾湿的花儿,但她不爱笑。她年轻的妈妈把心心送过来,一起送来的还有一只装满了好看衣服的行李箱。这些衣服全都是嫩黄、嫩绿、嫩白的颜色,这些颜色属于心心,就像她粉嫩粉嫩的脸蛋。心心的妈妈在行李箱里,在手机视频触摸不到的那一端,在一个叫作青岛的地方。我没有去过青岛,我猜,那应该是一座绿色的岛屿,心心的妈妈在岛屿上造房子。心心的妈妈通过我妈妈的手机跟心心通话,她穿着蓝色的工作服,戴着白色的安全帽,背景是乱糟糟的工地,那里传来钢筋和铁管相碰的噪声,盖住了说话的声音。心心看着屏幕里的妈妈,露出难得的笑容。如果遇上休息日,心心的妈妈会在手机里唱歌。她化着浓妆,穿着缀满蕾丝的裙子,在镜头前做出舞蹈动作,她的背后依然是乱糟糟的工地,只是那时候的工地是安静的。

  舒柳曼是一年级最不受欢迎的女生,因为她很脏,

 云顶

也很笨。小孩子里传说舒柳曼曾经掉进粪坑。但我发誓,这一定是误传。掉进粪坑的不是舒柳曼,而是舒柳曼的爸爸。

舒柳曼的爸爸小时候不小心掉进了粪坑,被救上来的时候,他已经昏了过去。他被送进了医院,后来,他醒了。再后来,舒柳曼的爸爸就不像原来那样机灵了,他的记性变坏了,脾气也变坏了。再后来,舒柳曼的爸爸长大了,到了娶媳妇的年龄,但是没有人愿意和她的爸爸结婚。最后,舒柳曼的爷爷帮儿子找到一个傻姑娘,她就是舒柳曼的妈妈。可是,她妈妈的任务只是生孩子,舒柳曼出生后,她的妈妈就走了。

舒柳曼的爸爸虽然记性不太好,但他有力气,他和别的爸爸一样,也去了很远的地方打工,舒柳曼的爷爷就把舒柳曼送到了这里。每个星期,爷爷都会接她回家。舒柳曼在爷爷家里度过了一个周末,当她回来的时候,总会带来很多好吃的零食。下课的时候,她会把各式各样的零食分给大家吃,有时候是薯条,有时候是棒

棒糖，有时候是辣条。分零食的时候，大家会簇拥着她，叫着她的名字。平时，很少有人理睬她。舒柳曼的鼻涕拖得长长的，好像黏糊糊的毛毛虫，小脸被脏手抹得黑一道白一道，指甲缝里嵌满黑乎乎的脏东西。但是没有关系，薯条很香，棒棒糖很甜，辣条很过瘾。舒柳曼好像一个慷慨的富翁，用她的大方换取大家的喜欢和关注，零食吃完，大家又散去了。舒柳曼还是继续考出"1分"或者"4分"这样超级低的分数。什么都没改变。

舒柳曼也把辣条和薯条拿给我吃，我看了看她的脏手，犹豫着要不要接。最后，我还是接过了薯条和辣条，因为我看见了她的眼睛，那么亮，那么清，那么地渴望着我的接受。

男孩和女孩是多么的不一样。男孩生活在他们的王国里，女孩生活在我们自己的天地里。

小石头被找回来的时候，我们都知道他在密林里吓坏了。他比别的男孩胆小，但是，他比女孩们勇敢。下课时，他冲向操场，抓过一只滚在角落的皮球，嘭嘭嘭

 云顶

地拍球,一边拍,一边绕着操场跑动。他拍球的动作很熟练,皮球上好像长出了一根看不见的弹簧线,那根线连着他的手掌,只要他愿意,就可以无休止地拍下去。一只大黄狗从校门底下的空当里钻进来,女孩们见了它纷纷躲闪,小石头却兴奋地迎上去。他一只手拍着皮球,想用另一只手去触摸大黄狗的脑袋,大黄狗忽地一下跑远了,小石头跌坐在地上,皮球骨碌碌滚了出去。小石头摔疼了屁股,他翻个身从地上爬起来,咧了咧嘴,但是没有哭出来。

妈妈说,小石头刚来到这里的第一个月,天天晚上从梦中哭醒。现在,他不哭了。他成了一个真正的男孩。并且,一起去过几次密林后,他也成了我的好朋友。

三年级的水冬和小石头睡在一张床上。每天起床,他会帮助小石头拉衣服上的拉链,也会教他用正确的姿势刷牙。听妈妈说,水冬的爸爸失踪了,水冬也没有妈妈,水冬已经有九个月没有交生活费了。但是妈妈说,没有关系。水冬是他们班级里吃得最多的男孩,他

总是用最大的饭碗,碗里的米饭堆得高高的,好像小山一样。水冬添饭的时候,爸爸接过他的碗,把里面的米饭压了又压,然后添上满满的一勺。

我能够接受小石头这样胆小的男孩,也能够接受水冬那样温顺的男孩,但我害怕和讨厌猛兽一样的男孩。

一天上午,一个猛兽男孩闯入了云顶小学。他从一辆黑色的大吉普车上跳下来,跟着跳下来的,是一个盘着发髻的女人和一个戴眼镜的男人——他们是他的姑妈和姑父,他们是来找我爸爸的。

姑妈和姑父坐在我们破旧的饭堂里,眼神高傲,可是当爸爸出现时,他们垂下了眼帘。他们皱着眉头小声地和爸爸说话,爸爸耐心地听着,思考着,然后爸爸叫来了妈妈,还叫来了陈老师和罗老师。大家围坐着,像是在商讨一件严肃的大事。

大人们商讨事情的时候,男孩钻进了校园的每个角落,他哼着鼻子,东看看,西看看,他的个子比我们所

云顶

有的孩子都要高。下课了,大家拥到了操场上。男孩的眼睛灼灼发亮,他好像一头狮子闯进了羊群。他在操场上快速跑动,抢男孩们玩耍的皮球,用脚绊倒走路的女孩。他投篮,把球筐撞得砰砰响。有个小男孩不小心撞到他腿上,他一把将小男孩掀到了地上。他习惯性地用手护着脑袋,警觉的眼睛四处打量,嘴里嘟哝着:"你们这是干吗?你们这是干吗!"但是,明明我们谁也没有干吗。然后,他飞起一脚,把皮球踢到了围墙外面。他拍了拍手,朝我们狠狠瞪了一眼,嘴巴里吐出一连串脏字,全都是被我爸爸禁止使用的字。我们远远看着他,好奇紧张又害怕。

大人们终于从饭堂里走出来。男孩的姑妈和姑父心事重重地走在最后面,我好像听见他们的叹气声。姑妈苦笑着,冲男孩招了招手,男孩像是没有看见,他抬头望着天,然后,用眼角的光看向他的姑妈。他的姑父漠无表情,径自走向吉普车,发动了汽车。姑妈扯了扯男孩的衣袖,男孩甩脱了姑妈的手,磨蹭了一会儿,才不情愿地跟着姑妈上了车。吉普车喘息了两声,开动了。我的爸爸和妈妈在校门口目送他们,直到汽车消失在山道的尽头。

晚上睡觉前,我偷听了爸爸妈妈的谈话。

"他的姑妈和姑父就好像急于甩下一个旧包袱。"妈妈说。

"我们不能收一个带攻击性的孩子,他会伤害其他的孩子。"爸爸说。

"我们没有能力帮助所有的孩子,我没有办法改变他。"爸爸又说,他轻轻地叹了口气。

我终于知道,原来,万能的爸爸也有无能为力的事。

我也知道了猛兽男孩的事。他的爸爸曾经是亿万富翁,做生意失败,欠下了比山还要高的债务,坏人把他爸爸和他整整控制了四年,他们没有自由,饱受恐吓。男孩已经十岁了,却从来没有上过学。现在,男孩和爸爸被解救了,爸爸因为犯了法,在监狱里服刑,男孩

云顶

获得了自由。他的姑妈和姑父把云顶小学当作收容男孩的最后一丝希望,但是,他们的希望落空了。

爸爸和妈妈拒绝了男孩,拒绝得一点都不轻松。他们临睡前一直说着男孩的事,他们愧疚着,无奈着,说得我也渐渐愧疚起来。我想,我不应该在心里叫他猛兽男孩,他看上去那么的可怕,可是,他又是那么的可怜。

我迷迷糊糊地睡着了。醒来的时候,隐约听见抽泣声。是妈妈在哭。偶尔,妈妈会在梦里哭。妈妈只在梦里哭,白天,妈妈明媚得好像一朵向日葵。

春　晓

那么多年过去了,春晓还是会在梦里哭醒。那个忧伤的童年的她老是来纠缠她。那个瘦瘦小小的女孩扎着羊角辫,套着一件打了粗糙补丁的衣裳,脸颊上印着两坨标志着营养不良的白斑。从梦里醒来的时候,她总是满腹委屈,喉头发酸,可究竟受了什么委屈,却又记不分明了。

白天,春晓是所有人眼里的向日葵。她饱满细嫩的脸庞,星星一样闪亮的眼睛,溪水一般清澈的笑容,让见着她的人也跟着明媚和灿烂。她仿佛总也没有长大,即便当了妈妈,有了苗苗,在杨果眼里,她仍旧是最初见到的那个小姑

云顶

娘,单纯、善良、倔强、坚忍。

那时候,他们同在一所小学代课,杨果二十六岁,春晓十八岁。杨果担任校长助理,春晓是大队辅导员。杨果少言,春晓活泼,但只要和春晓在一起,杨果就有了说不完的话。杨果总是从春晓口里听说爷爷、奶奶和哥哥,却很少听她说起父母。春晓爱笑,可是杨果却总觉得春晓的笑容里藏着淡淡的忧伤。直到他们谈起恋爱,杨果才知道那笑容背后的忧伤来自哪里。

"我曾是个留守儿童。"春晓说。

杨果讶异,他以为留守儿童只属于现如今那些远离父母"偷偷"长大的孩子,没想到,眼前居然就有一个"超龄"的留守儿童。

"你开玩笑。"杨果说。

"不开玩笑。"春晓嘴角的笑意消失了,眼眶里渐渐盈满了泪水,"从两岁开始,我就独自长大了。我的爸爸妈妈是多么勇敢的人哪,在那个年代,他们就走出了山村。"说着,春晓抹着眼泪又笑了。

春晓不愿意回忆,她怕在回忆里丢失了快乐明朗的外表,也怕在回忆里重新经历孤独和惶恐,就像一个磕磕绊绊走出了黑暗逼仄巷道的人,终于舒展了、自由了,怎可回头重走一遭?春晓不想说,她只是在梦里重回。不是她要回去,是童年的那个小女孩来找她……

奶奶的白头发像一小朵云飘在土灶后面,一双松枝一样枯瘦的手把柴火送进灶膛,炊烟升起来,铁锅咕嘟嘟地往外冒着热气。但春晓知道,里面煮的东西一定不好吃。

奶奶去坡上的玉米地里干活了。撂下年幼的春晓,还有她的两个哥哥。春晓两岁,大哥十一岁,二哥八岁。大哥和二哥的世界不属于春晓,他们有着用不完的力气,他们会变戏法,随时都会让自己消失得无影无踪。春晓被奶奶放在一张倒置的凳子里,凳子的四条腿就是围栏,是困住她的笼子。她在笼子中央,好像被一只手紧紧攥住,挣脱不得。春晓哭,没有人听见,听见也没人理会她。

到了吃饭时间,奶奶出现了。她揭开锅盖,把锅里的饭盛在碗里。奶奶做的饭,总是夹生的,就着一碗酸菜豆腐汤,

云顶

怎么也咽不下去。

奶奶说："吃！"

春晓扭过头，不吃。

奶奶举起了手里的筷子，就要落下的那一刻，爷爷出现了！爷爷总是和一座移动的"山"一起出现。一大早，爷爷挑着一担竹匾竹筐去集市上卖，却总也卖不掉几只，到了傍晚，几乎原封不动地把它们挑回来。春晓总是先看见"山"一样的竹匾和竹筐，近了，才看见"山"后面的爷爷。

爷爷见到嘟着嘴红着脸的春晓，一把抱起她，给她擦擦嘴边的饭粒，说："不吃，不吃就不吃，爷爷带你去蹭好吃的。"

他把春晓驮在背上，一颠一颠地走。爷爷的背很驼了，他瘦得像一匹饿了很多天的老马。春晓也瘦骨伶仃，被爷爷驮着，骨头架子碰骨头架子，硌得慌。但是春晓身上觉得暖，心里更加暖。爷爷爱她，春晓知道。

爷爷带她去山那头的旺财爷爷家，旺财爷爷家有个做饭好吃的奶奶，她会做糍粑，做米卷，还会做蒜薹炒腊肉。春

晓纳闷,同样是用土灶做出来的饭,为什么旺财爷爷家的饭又软又糯,自家奶奶做的饭却好像掺了嚼不烂的小石子呢?

春晓家偶尔也能吃上一回腊肉。奶奶端上一盘大蒜叶子炒腊肉,几块可怜的腊肉好像惊慌的小动物藏在丛林中。两个哥哥见了,仿佛饿久了的小老虎觅着猎物,他们的筷子长了眼睛,专挑腊肉吃。剩下最后一块腊肉,两个哥哥的筷子同时伸向它,爷爷咳嗽一声,啪地一下猝不及防地将烟杆子砸在大哥腿上,又抬起头瞪了二哥一眼,二哥撇撇嘴撂下筷子。爷爷稳稳夹起那块腊肉,放进了春晓的碗里。

奶奶见了,嘟囔一句:"吃得再多,也还是女娃子。"

春晓像是没有听见,埋头吃得香。

如果爷爷在家,春晓就不用被"笼子"困住。她蹲在爷爷身边,看着他劈竹篾、削竹片、划竹丝,看爷爷的手指灵巧地在竹丝间穿梭,看山林里的竹子们慢慢变成了各种各样的笋筐、簸箕、篮子、竹匾……爷爷在,春晓不再惊慌孤独。累了,就伏在爷爷膝盖上打瞌睡;醒了,就看见爷爷拿刚做好的竹蚂蚱在逗她。

 云顶

春晓原以为,爷爷的膝盖可以一直让她趴下去……

九岁那年,初春的一个中午。春晓放学回到家,见爷爷躺在床上。听见春晓的声音,爷爷背转身来,低声说:"吃饭叫我……"春晓觉得,爷爷的眼神好浑浊、好乏力。

春晓去灶房看奶奶。奶奶把午饭摆上桌,一碗腌菜汤,一盘辣椒醅,一大碗煮熟的玉米棒子,还有米饭。两个哥哥已经迫不及待地坐在了凳子上。

春晓反身去叫爷爷。爷爷面墙睡着,叫了两声,没有反应。春晓便上前去摇晃爷爷的肩膀,一边摇,一边喊:"爷爷,吃饭了,爷爷……"

可是,春晓永远都唤不醒爷爷了。

爷爷被人抬走了。春晓一动不动地睡在爷爷的床上,就是爷爷躺的位置,那里还有爷爷身体的余温。她想哭,却哭不出来。只是在心里一遍一遍对自己说:爷爷走了,还有谁爱我呀?爷爷走了,还有谁爱我呀?

她迷迷糊糊地睡去,像是沉入了一个深深的湖,她想躺在那里,永远不醒来。

　　春晓发烧了,烧得昏天黑地。不知道过了多久,有一个人在摇动她。她费力地睁开眼,眼前晃动着一张又熟悉又陌生的脸,想了好一会儿才反应过来,是妈妈——已经有五六年没有见着的妈妈。妈妈身后站着的那个人,应该就是爸爸吧。爸爸在春晓的记忆里,淡得好像一个用铅笔勾的影子,他站在门框那里,外面射进的光虚幻了他的脸。对爸爸模糊的感觉一直留存在春晓的记忆里,即便春晓三十多岁了,她这半辈子和爸爸相处的时间,加起来都不会超过两年吧。

　　妈妈用手心探触春晓的额头,她把春晓抱起来,放在自己的背上。妈妈的背和爷爷不一样,爷爷的背窄而硬,妈妈的背宽而温软。春晓毕竟是妈妈的女儿哪,即便小时候再瘦小,长大了还是长成了妈妈饱满圆润的样子。可是那时候,趴在妈妈背上的九岁的春晓,就像一只瘦弱的小猫咪。妈妈要背春晓去村卫生所。下了一场又一场雨,山路被泡得又软又滑,妈妈走得深一脚浅一脚,春晓病得没有了精神,不时地从妈妈背上滑下来,但她还是使出最大的力气攀住妈妈的肩膀。她的意识模糊,脑袋重得像灌了铅,却有一个念头

云顶

异常清晰:不能掉啊,不能掉!这是妈妈的背啊。春晓把脸贴在妈妈的背上,用胸膛感受着妈妈的温度。就像蝴蝶爱芍药、倦鸟热爱葱郁的树林,春晓渴望着妈妈的怀抱、妈妈的背,她恨不得变作一滴水,汇入奔流的小溪,奔流的小溪就是妈妈呀!如果能那样,她就可以化为妈妈的一部分,和妈妈永不分离。看病的时候,打针的时候,春晓定定地看着妈妈,一句话都不说,仿佛说了话,就会打破这份得来不易的幸福。

但是,终究要分离。春晓的烧退了,妈妈要走了。初春的山里居然下了一场雪,雪在屋后积起一小堆。春晓脱了外套,光着脚跑到屋后,踩在雪堆里,又用手掬起一大捧雪。雪花撒下,落在她的脸上、头发上。

"死丫头!"奶奶在屋子里喊,"刚刚病好,不怕冻坏呀!"

春晓好像没有听见,俯身抓起更大的一捧雪,撒在自己的头上、身上。纷纷扬扬的雪花呀,就像千千万万舞蹈的小精灵,它们跳着旋转的舞蹈,把眼前的世界装点得迷迷蒙蒙……

  妈妈冲了出来,把她往屋子里拽。她不肯,用力往相反方向使着劲,两只脚死命地扒在地上,哽咽着说:"我就是要生病!我生病了,妈妈就不走了……"

  妈妈用力拽了一会儿,手里却突然软了,站在原地,用手背抹起了眼睛。见妈妈哭了,春晓止了哭,走上前,踮起脚帮妈妈擦眼泪:"春晓不闹了,春晓懂事……"可春晓的胸口,却仿佛被一块石头紧紧地压着。

  妈妈走了。但春晓没有想到,爸爸妈妈离开几个月后又回来了,因为奶奶也病了。奶奶不再上坡干活,也没有力气做饭,她终日躺在床上,好像一盏即将熄灭的油灯。

  爸爸妈妈进门的时候,春晓正给奶奶端水,她的头上扎着两个蓬乱歪斜的小辫子,穿着一条打了补丁的裤子。春晓回头一眼看见妈妈,就扑进妈妈的怀里,难过又委屈地哭了。水杯掉在地上,摔碎了。那边传来奶奶断断续续的呻吟,那声音好像带刺的荆棘,一下一下戳在春晓的心上,针扎一样的痛。

  春晓问妈妈:"妈妈,你是不是不走了?"妈妈哭了,没有

回答她。

奶奶不喜欢春晓,春晓也不喜欢奶奶,但是,春晓还是害怕奶奶会像爷爷一样离开。春晓想,只要奶奶还病着,妈妈就不会走。病床上的奶奶无论吩咐春晓做什么,春晓都照着做。奶奶讨厌吃药,背着妈妈让春晓把药片扔进墙角的耗子洞,春晓照做了。奶奶说她冷,让春晓给她暖被窝,春晓就挨着奶奶睡下,把奶奶的脚抱在怀里。夜里,奶奶的呻吟飘浮在黑暗里,起起又伏伏。春晓睡不着,一趟又一趟地起来上茅坑。茅坑在屋外,春晓怕黑,原本每次起来都弄出动静,把家人吵醒了,才敢开门出去。但那些个晚上,春晓怕把奶奶吵醒,起来时都是蹑手蹑脚,在黑暗中抖抖索索一路小跑去上厕所。

那天早晨,春晓迷迷糊糊听见奶奶喃喃着说"口渴",又听见妈妈揭开热水瓶的盖子倒水。春晓揉着眼睛,从被窝里坐起来,穿好衣服下了床。当她再回转身时,发现妈妈在摇晃奶奶,嘴里急切地呼唤着。春晓彻底清醒了,跟着妈妈一起呼唤奶奶。奶奶紧紧闭着眼睛,不答应……

云顶

春晓大哭起来,哭得上气不接下气。爷爷走的时候,春晓也没有这样哭。但那次,春晓哭啊哭,把眼泪都快哭干了。长大了,春晓才意识到,人在最伤心的时候,却不一定哭;哭出来了,心里却不一定那么伤心。爷爷走后,春晓在被人欺负受委屈的时候就会对着空气喊爷爷;奶奶走了,春晓有时候也想她,但奶奶不会存在于空气里,奶奶到了另一个世界,春晓再也摸不到她。

奶奶去世后,爸爸和妈妈又走了,大哥也跟着爸爸妈妈去城里的家具厂打工了。家里只剩下二哥和春晓。

那一年,二哥十六岁,春晓十岁。

金　枝

金枝现在十岁了,在上三年级。

三年前,哥哥金锁送金枝来云顶小学。那天,云顶下了冬天里的第一场细雪,一大一小两个裹得严严实实的孩子出现在杨果和春晓面前。进了屋子,哥哥帮妹妹解下脖子上的围巾,把妹妹推到了两个陌生的老师面前。

春晓看见妹妹金枝第一眼,就想起了小时候的自己——瘦瘦小小的,黑亮的眼睛像是汪了水,清得能照出对面的人影。哥哥金锁十六七岁的模样,个头只及杨果的肩膀,伸出的手却骨节分明,有了大人的样子。金锁郑重地把

云顶

一只发白的帆布行李箱交给春晓和杨果,又在纸上认真地写下自己的手机号码。

"你们的爸爸妈妈呢?"春晓问。

"妈妈改嫁了,爸爸……我也不知道他在哪里。"金锁说。

被送来云顶小学的孩子背后各有一段意想不到的故事,好端端的可爱的孩子,走着走着,丢了妈妈,又或者丢了爸爸。都说母爱是世界上最伟大的爱,可这些孩子的妈妈,却常常地,从孩子降生之时就消失得无影无踪,她们去大山外寻求更好的生活去了。又或者,爸爸意外离世了、坐牢了,妈妈在孩子身边守了不多久,就将孩子托付给爷爷奶奶,自己寻找新的依靠去了,重组了家庭,又有了新的孩子。是她们对贫穷的惧怕远远超出了本能的母爱?又或者,这些孩子的降生只是上天的需要,而不是出于爱的需要?谋生艰难,当一个人连生存都无法保证时,又怎能生出爱的高贵情愫呢?春晓困惑过,自己的妈妈也曾被迫出外谋生,但那么些年里,远方的妈妈都还没有忘记给自己的孩子捎去一点稀

薄的爱,即便婚姻不幸福,也没有想过要离开爸爸。难道是因为时代变化了,那些年轻的妈妈变得更加自我了?还是……春晓现在面对的常常是一些从来没有感受过妈妈拥抱的孩子,她只恨自己的怀抱不够宽广,她多么想把所有的孩子都拥入怀中。

春晓揽过金枝,用梳子给她理顺板结的头发,又找来鲜艳的头绳,给她扎了两个小辫。金枝笑了,跑到窗子跟前,窗玻璃上映出她的影子,金枝对着玻璃左看看右看看,甩了甩脑袋,回过头,对春晓又是一笑。这样的笑容,像极了小时候的春晓。

小时候的春晓被二哥保护着、照顾着,二哥,担起了爸爸的职责。春晓瘦小又胆小,总被人欺负。有人拿毛毛虫吓唬她,她吓得大哭,一边哭,一边仰头对着空气喊爷爷。可是,天上的爷爷听不见,春晓哭得更加伤心。二哥知道了,去学校找到欺负春晓的男孩,狠狠揍了他一顿。然后,当着其他男孩的面,说:"以后谁再敢欺负我妹妹,我就揍他!"春晓在一旁看着,瞬间觉得二哥变得高大了。

云顶

晚上,二哥辅导春晓功课,耐心又细心。春晓恍然觉得之前那个调皮捣蛋的二哥不见了,现在的二哥熟悉又陌生。春晓还记得,二哥上小学四年级的时候,偷偷拔了数学老师自行车的气门芯,只因那个老师曾经让他在上课时罚站。结果老师很快找出了"元凶",二哥受到了更严厉的惩罚,被罚绕操场跑十圈,打扫厕所一星期。二哥在学校里闯下的祸换来奶奶一顿臭骂,他顶了两句嘴,奶奶操起锅铲追打他。二哥跑得比兔子还快,二哥逃,奶奶追,一直追打到坡上的玉米地里,乐得春晓在一边笑着拍手。可是现在,当家中没有了大人,调皮捣蛋的二哥却突然成了大人。

"我要考出去,春晓,你也要考出去。"二哥鼓励她。

春晓用力点头,二哥的话合乎她的心思。奶奶去世那会儿,办完丧事,春晓曾听见爸爸妈妈和邻居叔伯婶子凑在一起聊天,大约是说到了几个孩子将来的去处,爸爸说了一句:"供女娃读书没啥意思,反正以后要嫁出去……"春晓心里咯噔一下,想,爸爸说的是我吧。也就是在那时,春晓在心里咬了咬牙,想:你说读书没意思,我偏要读,读了书,考出

去!她不喜欢爸爸,爸爸说什么,她明里不说,暗里总要反着来。

春晓上初一时,二哥考上了大专,家里只留下春晓一个人。春晓费心最多的就是一个字:钱。爸爸和妈妈不在一处打工,爸爸干活的地方有长途电话,妈妈没有,要交学费了,春晓给爸爸打电话,一连打了好多次,每次都对接电话的人说,自己是谁,请爸爸给她回电话。对方总说,好好,一定带到。可是,总也接不到爸爸的回电。春晓算了算身边所剩无几的钱,再也舍不得打长途电话了。但心里总是纳闷,爸爸为什么不给她回电话?实在想不明白,便去问老师。

"你爸爸大概是不舍得花打长途电话的钱。"老师想了一会儿,笑意含糊地说。

春晓悻悻地往回走,心里盘算着,怎样才可以把现有的钱省些下来。她想着,之前妈妈给过她每星期五块钱的零花钱,一个月就有二十块。她决定不再去食堂打饭打菜了,只买泡面吃,那种一块钱一包掺了调料的泡面。泡面得用开水,打一瓶开水五毛钱,省着点用的话,一星期只需要打两

云顶

次开水。这样，又能省下一点钱。过了一阵，她听说，去学校食堂帮忙洗碗，虽没有报酬，但可以免费吃一顿饭。想到不用吃泡面了，既改善了伙食，又省下了饭钱，不免心中欢喜。之前，她曾经吃了整整一个月的泡面，也许是营养不良，那个月的例假居然没来，春晓却很庆幸，心想，又可以省下一笔买卫生巾的钱。十几块钱，对她可不是一个小数目。

过了些日子，职业幼师学校来他们初中招生。听说职业幼师不需要学费，春晓心动了，想，再这么省下去也不是办法，不如转上职业幼师学校。上职业幼师不但省钱，以后还能和孩子打交道，她喜欢孩子。想定了，春晓自作主张找到老师要求转校。转校出乎意料地顺利，幼师职校设在县城。转完校，春晓给二哥写了一封信，信里说：二哥，我也"考"出去了！二哥收到信，给春晓寄了两百元，那是二哥工作第一个月拿到的薪水。

后来，春晓总是用玩笑的口吻和杨果说起当年省钱转学的事。

"难怪你现在那么会过日子。"杨果打趣道。云顶小学的

所有开支都归春晓管,她得用有限的钱为孩子们办更多的事,能省一分钱是一分钱。

一晃,一切都成遥远的记忆。此刻,春晓看着眼前的金枝和金锁,往事一件件涌上心头。那种感觉就好像吃一种奇异的水果,咬第一口是甜的,内里却酸得让你想流泪。春晓甚至觉得,金枝比小时候的自己更可怜,他们的父亲失踪后,兄妹俩几乎断了生活来源。没人知道他们的父亲现在在哪里,起先,他只是像别的父亲们一样去外面打工了,不明不白的,就断了音讯。

趁着春晓在和金枝说话,金锁悄悄拉着杨果走到外面。"杨校长……"金锁涨红了脸,吞吞吐吐地说,"金枝的生活费……能不能先欠着?我打工赚钱,将来一定会还上……我保证!"

杨果摆了摆手,说:"你们是孩子,不要谈钱的事。"

金锁还想说什么,被杨果阻止了。

临别时,金锁摸了摸妹妹金枝的脑袋,有一点不舍,有一点不放心,还有一点于心不忍的歉疚。

云顶

金锁考上了城里的烹饪学校,后天就要动身。"我以后想开饭店。"金锁搔搔头皮,有些害羞地跟杨果说。大约是听说了杨果和春晓之前开过饭店,金锁见到杨果格外的亲近。

金锁走了,金枝在校门口挥手,目送哥哥走远。春晓一直在背后望着金枝小小的孤单的背影,若有所思。当终于望不见哥哥了,金枝踮起脚,身体朝前冲了一下,才慢慢地转过身来。春晓走过去,牵起金枝的手,带她去饭堂。

这天晚上,春晓特意关照张姨加了一个菜。她将金枝安排在苗苗那桌,那时候,苗苗还在上学前班,见着金枝,便热情地引着她去拿碗筷,吃饭时,还颤颤巍巍地拿起大勺子帮金枝打汤。金枝笑了,从苗苗手里接过勺子,往苗苗的碗里也加了一勺汤。两个孩子相视一笑。

金枝很快适应了云顶小学的生活,她学会了给自己扎辫子、洗澡、洗衣服。在所有的孩子里,金枝是最不让大人操心的那一个,就好像随遇而安的蒲公英的种子,风吹到哪里,就在哪里安家。可是春晓总觉得金枝在乖巧之外,总有一些异样。

张姨告诉春晓,金枝这孩子老是来灶房探头探脑,起初还以为她好奇、贪玩,轻易地就将她打发了。可有一回,张姨从外面进来,居然看见金枝站在小凳子上,学着张姨平时的样子,就着大铁锅里的开水刷碗,居然还刷得有模有样。张姨让她赶紧下来,万一磕着烫着可不是小事。金枝跳下凳子,躲去了一边,却趁张姨没注意,蹲在角落里,剥起了盆里的蚕豆。

"哎哟,你这孩子,让你别干!"张姨急了。春晓一向关照张姨,出于安全考虑,不能让孩子进灶房。

张姨的声音有些高,也有些急。金枝吓了一跳,抬起头惊慌地望着张姨。张姨见这孩子先是一愣怔,渐渐地,大眼睛里就汪了泪水。金枝抽着鼻子恳求道:"张姨,就让我帮你干点活吧……"

"我就没见过这么犟的孩子,让她别来,还来!前天,居然还拿来一袋子野菌子,说是从山里采来的。你得教育教育她,人小鬼大的,要真给烫着伤着,我不负责啊!"张姨向春晓抱怨。

云顶

"我倒不知道她老是进灶房。每回我洗床单,她也在旁边蹭啊蹭的。"春晓说。

"她要帮你洗床单?"张姨问。

春晓点点头。

金枝的这份懂事,让春晓心疼。

她找到金枝,说:"金枝,你呀,才一年级,只要做力所能及的事,好好学习,就足够了。灶房不安全,洗床单你还太小,你更不能一个人进山采菌子,走丢了怎么办?我答应你,等你长大一些,去中心校上学了,周末回来的时候,保证让你帮我洗床单。"春晓跟金枝约定。

金枝扑闪着眼睛望着春晓,嘴唇紧紧地抿着,不说话。

春晓伸出右手的小手指,想跟金枝拉钩。金枝把手背在身后,一动不动。

"怎么啦,金枝?"

金枝还是不说话,一转身,撒腿跑开了。

陈老师是金枝的班主任,有一回,几个老师站在操场上闲聊,陈老师说:"我们班那个金枝啊,胃口只有小猫大,吃

饭只吃一口,菜也只吃一筷子。"

罗老师说:"有些小女孩是吃不多,不像那个水冬,天生是个大胃王。"又转过头对陈老师说:"我看你呀,小时候大概也跟水冬一样,老也吃不饱!到现在吃东西,还摇头晃脑的。"

陈老师不生气,自嘲道:"对咯,我是天蓬元帅下凡!"

罗老师和陈老师开着玩笑,春晓却在旁边默不作声。过了好一会儿,她冒出一句:"你们有没有见金枝这几天老是等在校门口?"

陈老师收了笑,说:"对,前两天,我教他们唱《小小邮递员》,金枝学得最认真,一下课,就跑到校门口,说要等邮递员。"

罗老师问:"等邮递员干啥?"

"等她哥哥的信吧。"春晓接口道。

正说着话,就见金枝朝校门口这边走过来。见着老师们,金枝有些害羞紧张,缩着脖子,涨红了脸。

"金枝,过来。"春晓朝金枝招招手。

云顶

"春晓妈妈,邮递员啥时候来呀?"金枝靠着春晓问。

"咱们这儿路远,邮递员好几天才能进山一次。"春晓说。

金枝张了张嘴,想了想,才鼓起勇气说:"春晓妈妈,你收到我哥哥寄来的钱吗?"

"什么钱?"春晓问。

金枝低下头,好像不忍心说出那几个字,憋了好一会儿,终于红着脸说:"我的……生活费。"

春晓心里暗暗吃惊,原以为这个孩子不知道生活费的事,没想到她心里居然清楚得很,但春晓还是装作恍然大悟的样子,说:"哦哦,你哥哥说了,他下个星期就会寄来。"

到了晚上,春晓跟杨果嘀咕:"金枝这孩子,真让我心疼。"

"怎么了?"杨果放下手里正在做的简易教具,抬起头。

春晓就把金枝去灶房帮忙,要求洗被单,独自进山采菌子,不肯吃饭的事情都说了一通。

"她那么小,心思却那么重,比我小时候还可怜。"春晓

皱着眉头,轻叹一口气,想了想,又说,"不行,我得跟金枝聊聊。"

到了午饭时间,春晓留心观察金枝的一举一动。眼见着她把别人给她打好的饭,往饭锅里拨回了一小半,便走上前,从金枝手里拿过饭碗,将她拨回去的饭添进了碗里,又用饭勺轻轻压了压,说:"金枝,你得多吃饭,多吃饭,才能快快长大。"

金枝不吱声,听话地扒起了碗里的米饭。春晓拿起筷子,往她碗里夹了一大块腊排骨。坐在一边的苗苗,也学着妈妈的样子,给金枝舀了一勺肉皮炒菌子。

云顶

金枝不动筷子,嘴巴也不动,只是低着头,不见她把嘴里的饭菜咽进去。春晓怕自己在旁边,金枝会觉得不自在,便悄悄走开了。

到了夜晚,山里寒气逼人,春晓在饭堂里生了炭盆。孩子们三三两两围在炭盆旁边烤火,电视里正播着动画片,这是每天就寝前最轻松温馨的一段时光。春晓搬来一些泡沫和纸板箱,又拿出剪刀和绳子,打算为周日的"童伴妈妈"主题活动制作道具。几个稍大一些的女孩凑过来,给春晓帮忙。被切成块状的泡沫塑料边缘都不齐整,碎屑乱飞,春晓让她们用透明胶布严丝合缝地缠在上面,这样可以显得好看光滑一些。这些泡沫塑料会在过河游戏时充当"浮桥"。而那些纸板箱呢,展平了,在角上挖四个小洞,再穿上两根绳子,玩的时候,放到地上,让两个孩子拖着,这叫作"过河拆桥"。玩的那个人,得及时跳上不时移动的纸板才算赢,如果踩空了,就算输。这些游戏,都是春晓的"发明",道具也是因陋就简,废物利用。

金枝原本还坐在长凳上看电视,见春晓们在做道具,也

凑了过来。她拿起一块泡沫塑料,照着别人的样子缠透明胶带。她低着头,缠得小心而仔细,头顶被昏黄的灯光照着,长长的睫毛微微颤动着,在眼睑下投下一簇蛾羽一般好看的阴影。

春晓心头一热,伸手抚摸了一下金枝的头发,夸赞道:"金枝手真巧。"

金枝抬起头,抿着嘴笑了。

春晓便凑到金枝耳边,悄声说:"你哥哥寄钱来了!"

"什么时候?"金枝睁大了眼睛。

"傍晚的时候,邮递员送来了好多信,里面就有一张你哥哥寄来的汇款单。"春晓说,"你哥哥说了,他每个月都会寄。"

金枝的眼睛溢出了笑,苍白的小脸上也仿佛有了红晕。

金枝爱笑了,胃口也好了很多。春晓洗床单的时候,她还是会在旁边蹭来蹭去,有一回,她主动伸出了小手指:"春晓妈妈,我们拉钩,等我去中心校了,每次回来都帮你洗床单。"

云顶

春晓笑嘻嘻地伸出湿漉漉的右手,和金枝拉了钩。金枝嘴里大声唱着:"拉钩上吊,一百年不许变!"

一年倏忽过去了。到了春节,金锁出现在学校里,和杨果、春晓、金枝和苗苗,还有无法回家的孩子们一起过年。金锁长高了,俨然成了大人。来了,他就帮着张姨下厨,帮着杨果整修和维护学校里的设施。他学会了一手好厨艺,可以把豆腐切得像纸片一样薄,他炒的菜,似乎放了神秘的调料,格外的香。他向杨果请教开饭店的门道,说等毕了业,先去饭店当几年学徒,将来有机会,自己开一家小饭店。

吃年夜饭的时候,金锁掏啊掏啊,从口袋里掏出一个红信封,犹犹豫豫地往杨果怀里塞:"杨校长,这是我给金枝存的生活费,只有一点点,肯定不够,你们一定要收下。以后……以后我再补……"

"不可以!"杨果挡住金锁的手。

春晓焦急地看着金锁,又看看金枝,说:"呀!金锁,你不是每个月都寄钱来吗?你忘了吗?"

"我寄什么……钱?"金锁一脸茫然,手里的动作僵住

了。

春晓朝金锁挤挤眼睛,说:"金枝的生活费呀。"

金锁还是没有明白过来。

春晓急了,站起来,把红信封重新塞回金锁的口袋,提高声音说:"你这孩子忘性怎么这么大!给过了还给……"

旁边一直默不作声的金枝却仿佛明白了什么,黑葡萄一样的眼睛开始扑簌簌地掉眼泪。她只是无声地哭,不时用手背擦一下淌到面颊上的泪水。

大家都不说话了。

金枝却哭出了声:"我知道了……哥哥记性一直很好,他不会忘记自己寄过钱,是春晓妈妈和果爸爸怕我不吃饭,骗我说哥哥每月都寄钱来……"最后那句话还没有说完,就变成了哇哇大哭,直哭得泣不成声。

春晓一把搂住了金枝,金枝抽泣着往春晓的怀里钻。春晓感觉到金枝紧紧抱着她,她的衣襟被孩子的泪水沾湿了一大片。

这时候,杨果说话了。他接过了金锁推到他面前的红信

云顶

封,问:"金锁,告诉我,这些钱你是怎么挣的?"

"周末去饭店帮工挣的,洗碗,做切配。"金锁已经明白了一切,说,"果爸爸,春晓妈妈,你们……"

"但你自己也需要花钱。"杨果说。

"这是我省下的,我自己的生活费足够。"金锁努力让自己微笑。

"这样吧……这钱,我先替你们存着,等你将来正式参加工作了,我们再花也不迟。"杨果说。他又转向金枝,柔声道:"听着,金枝,小孩子不需要操心钱的事,你在云顶小学生活、学习,果爸爸和春晓妈妈就是你的爸爸和妈妈,你说,有哪个爸爸妈妈的孩子会操心给爸爸妈妈生活费的事呢?"

金枝忽闪着眼睛,像是听懂了,长长的睫毛一眨,眼眶里却涌出了更多的眼泪。

自此,金枝果真再也没有在杨果和春晓面前提起生活费的事情,她似乎已经忘却了这回事,又似乎,那些曾经的自卑、怯懦从来不曾存在过。金枝好像一株清秀的凤尾竹,安安静静地生长着,蕴蓄着蓬勃的力量,每下一场春雨都会

让它陡然拔节。

时间如水流淌,转眼,金枝上三年级了,渐渐地,她已成了春晓得力的小助手、小影子,也成了受孩子们欢迎的小姐姐,她的学习总是优秀,有好几次统考还拿了镇上的前几名。一年级新生来学校,分配床铺的时候,没人愿意跟舒柳曼同睡一张床,金枝说,我睡。心心外套的拉链拉不上了,她低下头,用牙齿咬一咬,就把拉锁修好了。春晓在一边默默地看,心里有些吃惊,更多的是喜悦和欣慰。

每个学期开学,杨果都会收到金锁寄来的汇款单,金额不等,有时一两百元,有时几十元,这些钱当然不够金枝的生活费,杨果都原封不动地存着。春晓呢,曾经想和金枝说说自己小时候愁钱的事,但看到眼前的金枝如此的善解人意,如此的阳光可人,她有些羞愧地想,自己灰扑扑的童年往事已经不需要让这孩子知道了。

云顶

李千万

春晓其实不缺帮助她洗床单的人。每到周末,在云顶小学生活过的大孩子们就从镇上的中心校回来了。杨果约上一辆车,亲自去镇上接孩子们。满载了孩子的面包车,一路欢声,转过弯弯山路,停在云顶小学的大门口,那一刻,春晓妈妈一定会在那里迎接。

孩子们回到这里,就像回到自己的家。校园里的每一株草木都在点头欢迎,他们钻进先前住过的宿舍,趴在自己曾经刻过字的小课桌上写作业,他们热情地冲张姨、陈老师和罗老师打招呼,用餐时熟门熟路拿起曾经用过的碗筷。所不

同的是,他们以前是被照顾的孩子,长大了,离开了,却成了这里的主人。他们打扫校园、寝室和厕所,男孩们和杨果一起疏通被堵塞的太阳能热水器,女孩们帮着春晓洗刷堆成山的床单、衣服和鞋子。每个大男孩、大女孩都认领了弟弟或妹妹,帮他们洗澡洗头。热水器的用水时时告急,即便拥有再大的容量,也无法满足鱼贯进出浴室的孩子们。于是,杨果总是发愁,到哪里弄一台比太阳能热水器管用的锅炉,春晓则抱怨没有足够晾晒衣物又能挡雨的地方,山里时阴时雨,一旦下雨,所有刚洗好的衣物都泡了汤。

干活的孩子中间,李千万最卖力。他打扫教室和厕所,挥动扫帚,风卷残云;疏通热水器的时候,卷起裤腿,动作麻利;他有力气,又勤快,还乐于照顾小小孩。小小孩们都亲热地叫他"千万哥哥"。

李千万本可以回离这儿不远的爷爷奶奶家,但他还是跟着伙伴们回到了云顶小学。别的孩子是无处可去,李千万却是有家不想回。

李千万一年级时被爷爷送来了云顶小学,因为他在家

云顶

里"偷"。杨果记得李千万刚来这里时的情景,一直低着头,把脸朝向墙壁,既不看爷爷,也不看杨果。

"你真的偷了?"杨果问。

李千万不说话,用脚尖蹭着水泥地,脚上那双运动鞋已经旧得裂了缝。

春晓给李千万买了双新鞋,李千万穿上新鞋,左看右看,笑了。

星期一的晨会课,杨果把全校的孩子集中在操场,还特地请李千万的爷爷来旁观。

"在家里偷爷爷的钱,要不要惩罚?"杨果对着全校孩子训诫。

"罚!要罚!"下面的孩子回应。

"李千万,你上来。"杨果说。

李千万垂着头,战战兢兢地走了上来。

"你知错吗?"杨果操起一根长长的竹鞭,回头瞄了一眼站在操场边上的爷爷。

李千万仍旧不说话。

杨果上前,举起了竹鞭。李千万抱住头,蹲了下来。底下的孩子都倒抽一口冷气。

竹鞭停在了半空中,定格住了。

李千万一直缩着脑袋,耸着肩,保持着同一个姿势不变。

空气仿佛凝固了。

但竹鞭终究没有落下,杨果握住竹鞭的两头,"啪嗒"一声,把竹鞭掰成了两段。他轻轻拍了拍李千万的背,说:"站起来。"

李千万好像做了一场梦,放开抱住脑袋的双手,迷迷瞪瞪地站了起来。

杨果又问:"知错吗?"

李千万盯着杨果手里的两截竹鞭,吞吞吐吐地说:"知……错。"

"再问一遍,偷爷爷的钱,知错吗?"杨果抬高了声音。

李千万激灵了一下,垂下头,回答:"知错。"

"下回还犯不犯?"

云顶

"不犯了。"李千万哽咽着说。

杨果将一截竹鞭递给李千万,说:"这两截竹鞭,一截给你,一截我留着。这回我不打你,下回,你如果再偷,不管偷谁的,就要受两次罚。第一次,用你的这截竹鞭;第二次,用我的。你每天都看看这截竹鞭,记住自己犯的错,提醒自己不能再犯!记住了吗?"

"记住了。"李千万一边接过竹鞭,一边拿袖管抹眼泪,"果爸爸,我再也不偷了……"

李千万来了云顶小学,弟弟李百万仍旧和爷爷奶奶住在一起。他们的爸爸五年前在城里打工时,替打群架的小兄弟出头,被人用刀伤了颈动脉,还没送到医院,人就没了。妈妈在爸爸去世一年后改嫁了,又生了一个儿子,从此和之前的两个儿子疏远了,不负担生活费,连上门看一眼也成了稀罕事。李千万一点点长大,和弟弟李百万长得越来越不像,倒是越来越像他妈妈的新老公和新儿子。爷爷奶奶越看越觉着不对劲,疑惑一直存在那里,又无法对证,成了难解的心结。心里一旦有了结,面子上也就有了疙瘩。不经意地,老

人对两个孙子就有了区别对待。好吃好喝的,尽着李百万;兄弟俩有矛盾,一定是李千万的错。李千万虽懵懵懂懂,但还是能感觉到爷爷奶奶态度上的微妙变化。稍大,村里人的议论或多或少飘到李千万的耳朵里。爷爷奶奶偏心,倔强的李千万非但不讨好,隔三差五还做出让大人烦心的事,抢李百万碗里的肉,干脆,偷拿爷爷衣袋里的钱,去杂货店里给自己买零嘴。这些事,都是村上的人说给杨果和春晓听的。

现在,爷爷把李千万交到了杨果手上,放了一百个心。临走时,爷爷一再夸杨果有办法。杨果却不知说什么好。他想对爷爷说,不该把两个孙子区别对待,错不全在孩子。可是眼下,杨果觉得,当务之急,还是治李千万爱偷的毛病。

春晓悄悄问杨果,怎么想出这一招?杨果说,竹鞭落在屁股上,只记得皮肉的痛,若是天天看见那竹鞭,就等于落在心上,比屁股上的痛记得牢。那时候,苗苗还很小,可爸爸说的"落在心上比落在屁股上痛"的话,却记牢了。虽懵懵懂懂,心里却一直怀着"心上的痛",至于"心上的痛"究竟是什么,是苗苗在长大的过程里才慢慢体会到的。

云顶

李千万果真听话地将竹鞭挂在了床头。不光他看得见,整个寝室的男孩都看得见。但日子久了,那竹鞭也就成了墙上的一个装饰,仿佛它原本就在那里,或者说,它本该属于那里。慢慢地,杨果倒是看出李千万的很多长处来。比如,他比别的孩子更加勤快,也爱关心人。饭堂的地脏了,他会主动拿把笤帚去扫;杨果从外面采购回来,他总是第一个帮着杨果去扛买来的米和面;同学病了,他一定会忙着跑前跑后端水送药。杨果便经常当着全校孩子的面表扬李千万,之前受罚的事大家都淡忘了,李千万也逐渐变得阳光起来。有一天,杨果取下了李千万床头的那截竹鞭,又找出自己留下的那截,当着李千万和全校孩子的面,三两下把它们折断了,扔进了垃圾桶里。

春晓找李千万的爷爷奶奶谈过好多次,让他们不要无缘无故怀疑一些没影子的事,但两位老人固执,不为所动。他们只是偶尔来探望李千万,李千万回家也变得不情不愿。转眼,李千万该上四年级了,便转去镇上的中心校住读,到了节假日,依旧不愿回家,反而更愿回他心目中的家——云顶小学。回了云顶,就帮杨果和春晓干这干那。这一晃,李千万上初二了,个头蹿高,粗一看,已是一个半大小伙子,只是说话还是一股子孩子气。

正是春天采茶季,到了周末,李千万又"回家"了。

每到采茶季,春晓就会组织一次特殊的"童伴之家"主题活动——教云顶小学和附近的留守儿童一边唱采茶歌,一边跳采茶舞。无论是采茶歌还是采茶舞,春晓都是从网络上学来的,采茶歌的歌词和曲调一律选最简单的那种:

太阳初升大又圆

鸟儿叫连天

拿起竹篮上南山

草上的露水还没干

一步一步赶

不觉到茶园

看见邻居和伙伴

互相点头问早安

云顶

　　风和日丽天气好

　　云彩镶金边

　　茶叶满山绿油油

　　采茶姑娘心喜欢

　　音乐响了一遍又一遍,孩子们列队站在操场上,笨拙地模仿着春晓教他们的采茶动作,脚下又是"十字步"又是"踏步转",跳了一遍又一遍。几遍下来,动作便流畅熟练起来,女孩子们更是把采茶的动作跳出了柔美和韵味。

　　李千万没有加入小孩子们的舞蹈。他觉得自己长大了,已经不好意思又唱又跳,他更愿意帮着杨果干活。主题活动结束了,李千万和杨果也忙完了零零碎碎的洗刷和整修任务。杨果打算带着所有的孩子去村里的茶厂打半天工。

　　云顶海拔一千余米,高山多云雾,温差大,漫射光丰足,日照时间短,加之雨水多,湿度大,有利于茶叶种植,在这样的自然条件下生长的茶树芽叶幼嫩,香味浓郁。云顶人擅长种茶,近些年,原本泥泞的山路铺上了柏油,交通便利了,原本出去打工发了财的人,回乡建了茶厂。于是,村里人多了一条致富路径,老人们喂完了猪,忙完了农活,就去自家的茶园采茶,采来的茶树芽叶卖给茶厂,换取一点收入。

采茶季里,茶园总是忙忙碌碌,杨果带着孩子们前往,又多出一番热闹。孩子们刚学完了采茶歌和采茶舞,还兴奋着,一边走一边唱。杨果呢,一路走,一路教孩子们识别山里的各种植物,到了茶园,又教起了采茶知识。

采茶看似简单,却大有学问。"茶树的幼芽,像刚出生的小动物一样娇嫩,稍不小心就会伤害它们。"杨果用最通俗的语言打比方,"要轻,要柔。一只手按住枝条,用另一只手的食指和拇指夹住芽尖,轻轻地掐。"

说着,做起了示范。他用双手交替采茶,双手手指蝴蝶一般翻飞,一眨眼,青绿的芽叶就在他的掌心积了一小捧,又被投入脚边的茶篮里,配合着有规律的脚步移动,杨果的采茶动作行云流水一般。不消一刻工夫,茶篮就满了。孩子们看了称奇,觉得果爸爸的一招一式像是在跳好看的采茶舞,也都跃跃欲试。

云顶

李千万学得最快,他个子高,动作灵巧又协调,练了没多久,俨然一个熟练的采茶工了。年幼的孩子,动作生涩,只能用手一片一片慢慢地采摘,一不留意就把芽叶掐碎了,或者,把老叶子也混了进去。李千万充当"质检员",将错摘的叶子一片一片耐心地挑出来。

夕阳西下时,一队师生抬着茶筐去茶厂。

"果爸爸,我想看制茶。"到了茶厂,称完了芽叶,李千万央求杨果。

茶厂规模并不大,从杀青、揉捻到干燥,都已经机械化。茶厂外的竹匾里摊放着新摘的芽叶,芽叶的青草气味在日光和微风中渐渐散去,芽叶由鲜嫩而疲软,颜色由鲜绿变成暗绿,便从内里散发出淡淡的茶香来。

车间的传送带上,萎凋和炒青过的茶叶被缓缓送入揉捻机,经揉捻过的茶叶成了卷曲状,揉捻完的茶叶经过干燥,就制成了绿茶。若是制作红茶,则需要在干燥前先进行发酵,使之产生独特醇厚的香气。

小孩子们对茶叶本没有感性的认知,他们对茶的兴趣

云顶

远不及对饮料的兴趣,杨果请茶厂的工人帮着解说,一些调皮的孩子听着听着就跑去车间外玩耍,只有李千万听得最专注,还不停地发问。他约略知道不同的茶的种类,好奇地打听普洱、乌龙、铁观音和花茶有何制作工艺上的区别,一边听,一边在本子上记录。

回去的路上,李千万一直若有所思。回到云顶小学,李千万找到杨果,问道:"果爸爸,有没有专门学制茶的学校?"

"你倒是把我问住了,也许,农业大学会有这样的专业。"杨果说,"我看你对制茶有兴趣?"

李千万点点头,说:"我在想,云顶有这么好的茶园,中国人都那么爱喝茶,要是大人们留在这里种茶、制茶,一样可以致富,就不用出去打工了,我们这些孩子也不用留守了。果爸爸,你说是不是?"

"这都取决于交通,云顶通了柏油路,这才有人回来开茶厂。至于以后……"杨果说。

"将来,我想学制茶。"李千万的眼睛闪着光,眉飞色舞地憧憬起来,"以后回来承包整个云顶的茶园,做出最好的茶叶,什么乌龙呀,铁观音呀,普洱呀……这些都不够,还要发明新的茶叶品种……把这里建成最大的茶厂,乡亲们都不用出去打工,只要待在家门口,就能赚很多很多的钱……"

杨果和春晓听得两眼放光,两人交换了一下眼神,夸赞道:"千万,你比老师看得还远。"

这天晚上,张姨用孩子们采摘回来的嫩茶叶,炒了几道茶叶菜,茶香酸辣藕片、茶叶炒土鸡蛋、茶叶肉片汤。茶叶做的菜略带苦味,却又清香四溢,吃完了,齿颊留香,这味道与平时的辛辣重厚全然不同。

幼　菊

二年级的幼菊说,她不喜欢茶叶,她喜欢咖啡和可乐。

别人在茶厂里面专心听工人解说,幼菊领着心心和小石头走到了外面。水冬看见了,也走了出来。厂门外有一个石头砌成的喷水池,但池水干涸了,喷头也生了锈,池边结了一层厚厚的青苔。幼菊吸了一口手里的乳酸菌饮料,对水冬说:"茶叶是年纪大的人喝的。我喜欢喝咖啡,但是妈妈不让我喝。"

"咖啡是什么味道?"水冬问。

"有一点点苦,但很香。"幼菊想了想,说。

幼菊自从去年暑假从上海回来,口里多了好些新名词。幼菊的爸爸和妈妈在上海郊区的工厂打工,暑假里接幼菊去待了一个月。白天,爸爸和妈妈照旧上班,怕幼菊出去乱跑走丢了,就扔下一只手机,把幼菊一个人关在屋子里。

幼菊每天趴在窗口望野眼。爸妈租住的房子位于城乡接合部,陷于高楼大厦里的城中村,房子破落拥挤,出门三五步便是废品收购站,地面坑洼不平,到了雨天就积水。下过几场暴雨,积水深到膝盖,雨水倒灌进来,鞋子、锅碗瓢盆在家里开小船。水退了,屋子里的家什都发了霉。爸妈不在家,没人说话,简陋的城中村里也没啥好看,幼菊看腻了,整天坐在床上玩手机。

手机是个吸引人的"百变小妖怪",不需要大人教,幼菊琢磨了几天,玩得比爸爸妈妈还顺手。手机里的信息五花八门,还花样百出,能给自己拍照拍视频,还能美化自己,用手机可以听歌,可以看视频,可以打游戏,想看什么就看什么,比看电视有趣多了。平日里,果爸爸规定只能在晚饭后看一小时电视,而且只能看儿童频道,看动画片。在爸爸妈妈那

云顶

里的一个月,幼菊把手机的功能都琢磨透了,窝在家里也不觉得无聊。爸爸和妈妈抽了个周末,陪她去水上乐园玩了一天,带她吃好吃的,在外面玩的时候,幼菊也挂念着手机。

回到云顶,幼菊时不时找借口问春晓讨手机。

"春晓妈妈,能不能用你的手机听歌?"幼菊问。

春晓有些吃惊,说:"我从早忙到晚,回短信的时间都没有,哪有时间听歌?还是教你们唱歌吧。"

幼菊吐了吐舌头,悻悻地走了。

吃饭的时候,水冬又像往常一样,把饭碗盛得满满的。幼菊见了,说:"主食不能吃太多,尤其是晚饭,会胖。"

"谁说的?"水冬扒了一口饭,一边吃一边问。

"手机里说的。"幼菊说。

罗老师听见了,走过来说:"没关系,水冬,长身体的时候,不怕胖。"

幼菊又转过身对苗苗说:"好羡慕你,春晓妈妈在你身边,你妈妈有手机,你随时都可以玩。"

苗苗摇摇头,说:"我不喜欢玩手机,妈妈也不给我玩。"

下午的课间,罗老师照例和春晓坐在乒乓球台那边聊天。

"你有没有发现,幼菊从上海回来,有啥不一样?"罗老师问春晓。

"正想跟你说,我发现这孩子的眼神都变了,原先那眼神多单纯,多清澈。"春晓说。

"你也有这感觉?我还以为自己多想了。"罗老师说。

正说着,她们看见幼菊从厕所里面出来,站在洗手台的镜子前,久久端详着镜子里的自己,左照照,右照照,朝镜子做了几个表情,又用手仔细地捋了捋刘海,才转身跳下台阶。

"小孩子长大,真是一眨眼的事。"春晓带着笑说。

"可不!"罗老师附和道。

"你说,孩子去外面,到底是好事还是坏事?"春晓想不明白。

"怎么说呢?大家不都想出去吗?"罗老师说。

"外面",对所有的山里人来说都是一个让人向往的地

云顶

方。越过重重大山,去到山外面。外面,意味着广阔,意味着文明,意味着前景。走出去,可以告别贫穷,过另外一种梦想中的生活。所以,更多的人希望走出去,很少的人愿意走进来。

这些年,云顶的路通了,好像打开了一扇门,走进来的人似乎越来越多。杨果和春晓常会迎接一些走进来的人。他们有的是大学生志愿者,有的是慈善基金会的,有的是做企业的人,他们把目光投射到这里,总希望能实实在在地为云顶小学做些什么。比如,捐建一个能自动冲水的厕所,捐赠一台全自动洗衣机,还有一体式净水机或者碗筷消毒柜。这些东西有的派上了用场,比如厕所、净水机;也有的东西,用着用着就闲置了,比如全自动洗衣机和消毒柜。春晓宁愿用双缸洗衣机,既节水又省电,消毒柜也慢慢成了不插电的碗柜。现代化设备当然好,但离开了电,一点用处也没有。用电,就得有花费,还有那么多孩子欠着生活费,对于杨果和春晓来说,能省一点是一点,宁愿花力气、添麻烦,也不舍得增加开支。

  这些天,杨果张罗着准备迎接又一位外面的客人,这位客人是他盼望已久的。当年的小学同学杨文凯是他们所有山里娃的骄傲,他一路求学,高中毕业考上了清华大学,又一路读到博士毕业,如今是一位卓有成就的核物理学家了。杨文凯把父母从云顶接到北京生活,可是老人家住不惯,他的妈妈一到北京就不停地咳嗽,回到云顶,咳嗽就好了。杨文凯又在镇上给两位老人买了楼房,可是,父母还是住不惯,他们更亲近土地,宁愿回到云顶的老屋居住。他们还拒绝了儿子给他们翻修老屋的建议,说:"这是你从小长大的地方,我们住着踏实。你看,它还结实得很呢!"老房确实结实,土黄色泥砖垒成,房前两根石头廊柱支起黑色瓦檐,泥墙、泥地、土灶台。这样的老房在云顶独一无二,别家的老房子都已翻新成了二层小楼,只有杨博士家饱经风霜的老宅还像过去一样矗立在原地。

  房子虽旧,可它不败落。杨爷爷夫妇把它拾掇得干净又整洁。杨爷爷早年当过村办老师,琴棋书画样样喜欢。春节前,他写了好多副大红的喜庆春联,送给四邻乡亲,余下的,

云顶

贴在自家的大门上、廊柱上。

他写:黄莺鸣翠柳,紫燕剪春风,横批:莺歌燕舞。

又写:春雨丝丝润万物,红梅点点绣青山,横批:春意盎然。

还写:绿竹别其三分景,红梅正报万家春,横批:春回大地。

古旧的房子上贴了大红春联,又挂上成串成串金黄的玉米棒子,就好像老人换上了新装,抖擞了精神,显出新的面貌来。

杨文凯每年春节都回来过年,他答应了杨果,抽时间专门回趟家,来见见云顶的孩子们。杨文凯说,他有好些故事想跟孩子们分享,云顶小学,那是他的母校呀!

夏天快到的时候,终于盼来了杨文凯。

他穿一件绿色粗格衬衫,戴顶白色棒球帽,跟着杨果进了校门。没有欢迎仪式,也没有茶水的客套,他就像只久别归林的鸟,在校园里随意转悠。如今的校园几乎找不见他小时候的痕迹。那时候是泥砖垒的平房,操场也是泥地,现在

的校舍虽然也破旧,但毕竟是二层的楼房,操场也浇上了水泥,还有了篮球架和乒乓球台,校园的东北角,居然还添置了慈善机构捐赠的颜色鲜亮的儿童滑梯。遍及校园每个角落的花草树木,已经葳蕤繁盛。

他搬来了一架子的书,全是他小时候读过的,都已经发黄卷角,《海底两万里》《福尔摩斯探案集》《傅雷家书》《爱的教育》《人生》《平凡的世界》之类的。他清晰记得每一本书的来历,自己怎样省吃俭用从旧书摊上拥有了它们。那时候,他当村办老师的爸爸指指头顶的泥砖房,抬高了声音说:"凯娃子,读书,只要你想读书,就算把这房子卖了,都会供你读书!"他知道,爸爸不是虚言。虽然这泥垒的房子卖不了什么钱,但只要他想读上去,他爸他妈哪怕无房可住,都会供他读书。从小,他就听话,很少惹爸爸生气,只有一回——那年他考高中,妈妈生病住院,要动手术,家里凑不齐医药费,他对爸爸说,不读高中了,想早点赚钱养家。爸爸勃然大怒,扔给他一块搓衣板:"跪!"其余的话,一个字也不说。他顺从地跪在搓衣板上,从清晨跪到深夜,爸爸从医院回来

云顶

了,他还跪在那里。两个膝盖被压出了深深的血印子,早已僵硬,动弹不得。爸爸问他:"还读书不?"他点点头:"读!"

就这样,一路往上读,从大学本科,到硕士,到博士,直到成为核物理领域的专家。杨文凯再也没有打过退堂鼓。和他一起走出大山的孩子,像种子一样四散在广袤的天地,每个人都有自己生长的路径,每个人都寻找到属于自己的生活。就像杨果,他出去了,又选择回来。杨果的回来让杨文凯感佩又尊敬,于是,他一再对杨果说:"我能为孩子们做些什么?只等你随时召唤。"

这一回,杨果召唤了他。杨果需要杨文凯这样一个外面的人来给孩子们现身说法。孩子们就像羽翼未丰的小鸟,练习飞翔时,需要身边成年鸟的示范,但它们更需要风,来自外面的劲风。劲风横扫是鞭策,也是托举。就像大山里的"惊蛰"来临,在远方一声初始的惊雷中,沉睡的懵懂的小生灵被唤醒了,它们睁开惺忪的双眼,向日益蓬勃的太阳敞开怀抱。麦苗返青,青草破土,柳树吐芽,梨树拱出花蕾……所有的生灵都是因为接收了春雷的讯息,才靠着自身的力量萌动新生。

杨果希望杨凯文是劲风,是惊雷。他特意选择了大孩子"回家"的节假日,云顶小学似乎从未这般热闹。大孩子、小孩子,齐刷刷地挤在饭堂里,又齐刷刷地把目光投向杨文凯。那些目光里,有一道格外的亮,那是幼菊的。自从去过外面,她的心就扑棱棱飞到了外面,外面来的人,不管他是谁,对幼菊来说都是稀罕的、向往的。更何况,听果爸爸介绍,这位从云顶走出去的杨博士是多么的了不起!

杨文凯站在"照片墙"前面,那面墙,贴满了多年来各界人士造访云顶小学的留影,有的照片早已经褪色翘皮,之前用作装饰的皱纸也脱落了下来。但是,背景并不重要,站在照片墙前面的杨文凯在孩子们的眼里光彩照人。

他开始幽默地自嘲地讲述,他记忆里的云顶小学,如今在云顶最破落的那间他从小长大的老房子,父亲的训斥,他终生难忘的"跪",他求学路上的艰辛、沮丧、坚持和收获……

杨文凯代表着"外面",那个来自外面的人带着光,他身

云顶

上的光照亮了幽暗的饭堂。

大孩子听得出神。杨文凯为他们打开了一个外面的世界,他们似有似无地触摸到属于自己的"外面"。李千万在筹划未来的时候,想着将来回云顶种茶;金锁想的是,怎样拥有一间让自己和妹妹获得幸福的饭店;金枝想的是,她也要循着杨叔叔的足迹,去到更加遥远的外面;幼菊更是憧憬外面,那里有好看的衣裙和光怪陆离的世界;水冬想的是,外面有他消失了踪影的爸爸,他梦想着和爸爸奇迹般的相遇。

小孩子们则听得懵懂。心心怔怔地望着杨文凯,他的金丝边眼镜在暗处闪着光,就好像星星在天边闪烁。小石头记住了杨叔叔的"跪",他暗自比较,跪在搓衣板上一整天,和自己被锁在小黑屋里一整夜,哪一个更加可怕。舒柳曼一边听杨叔叔讲故事,一边翻着杨叔叔送给他们的图画书,书里的兔子张开细细长长的双臂,大声地说:"我爱你有这么多!"

杨文凯留下来和孩子们一起吃午饭。分饭桌的时候,他有意无意地和幼菊坐在了一起。今天张姨加了两个菜,腊猪

蹄土豆干汤、小酥肉。幼菊乖巧地给杨文凯打饭,杨文凯谢过,就和幼菊聊了起来。

幼菊瞄了一眼杨文凯放在桌边的手机,问:"杨叔叔,可不可以拿你的手机听歌?"

杨文凯有点摸不着头脑地说:"噢哟,我的手机过时了,里面没有听歌软件呢!对了,听说你去过上海?"

幼菊又惊又喜,反问道:"你怎么知道?"

杨文凯做了个调皮的表情,说:"保密。"

幼菊就不再问,一边默不作声地吃饭,一边还是忍不住瞟一眼桌边的手机。杨文凯像是没有看见,搁下饭碗,给同桌别的孩子夹菜。

幼菊欲言又止,犹豫了一会儿,还是开口了:"杨叔叔,你在北京,这么了不起,那为啥杨爷爷还住在破房子里?"

杨文凯问她:"是住在楼房里开心,还是破房子里开心呢?"

"当然是楼房!"幼菊脱口而出。

"那么,是钱多开心,还是钱少开心?"杨文凯又问。

云顶

"钱多!"

"是爸爸妈妈在身边开心,还是爸爸妈妈不在身边开心?"杨文凯接着问。

幼菊闭上嘴,不说话了。

"你杨爷爷觉得,住在新房子里,周围的一切都陌生,不习惯。我虽然不在他们身边,但他们住在老房子里,随时随地都能找到熟悉的记忆,就好像我在他们身边一样。今年,我给他们加固了老房子,让它更加结实安全,还盖了带抽水马桶的厕所,虽然看上去还是很旧很破,可他们说,这就是他们心里最好的房子了……"杨文凯拿过旁边的手机,对幼菊晃了晃,"幼菊呀,你长大后也会离开云顶,到外面的世界去,到那时候,你就会懂得杨叔叔现在的心情。手机里的花样那么多,可它只能让你获得一时的开心,它就像个肥皂泡,用不了多久,噗地一下就破了。可要是你心里装满了很多记忆呀、感情呀,还有……和爸爸妈妈待在一起,才会有长长久久的开心……"

幼菊一边听,一边若有所思地点头。杨文凯不知她是否

理解了自己的话,也不知自己的这番话是否让幼菊失望了。在幼菊这个年龄,杨文凯并不知道外面的世界什么样,至于未来,就好像山里的雾,若有若无地飘着,太阳一出来,就将天地照得一片澄明。"一代孩子有着一代孩子的生活,可是,关于幸福的真谛,大概是不会变的吧。"杨文凯想。

孩子们和杨果、春晓一起,把杨文凯送到了校门口。临别前,杨文凯回头冲春晓笑笑,说:"你交代的任务我完成了,可惜,完成得不够好。"

春晓摆摆手,说:"无论你说什么,对那个孩子都重要。"

幼菊没有听见杨文凯和春晓的对话,她还沉浸在杨文凯对她说的话里。她觉得,杨叔叔的话听起来很像嚼一颗盐津橄榄,开始没什么味道,嚼得越细,就越嚼出了咸中带甜的味道。

云顶

苗 苗

什么是我的"外面"？我知道，总有一天，我也会走到外面，离这里很远很远。到那时候，外面可能只有我一个人，身边不再有爸爸和妈妈，也不再有这些吵吵闹闹的小伙伴。

这些伙伴呀，我嫉妒过他们，因为他们分走了爸爸妈妈的爱。

爸爸妈妈的爱是一只大蛋糕，内里是一颗热乎乎的心，外层被甜蜜的奶油包裹，它被切成一片一片，分给渴求它的孩子。

当心心做了噩梦,妈妈把她抱来自己的床上,轻拍她的背,给她唱催眠曲。心心发烧了,妈妈整夜守着她,端水送药,用自己的脸去贴她的脸。

小石头总是缠着爸爸,他不再怕黑,一次次牵着爸爸的大手重返曾经让他恐惧的密林。他像爸爸那样爱上了植物,大山是植物的宝库,蕴藏了无穷无尽的秘密。

舒柳曼吃坏了肚子,半夜睡觉弄脏了床铺,她又害臊又紧张,难闻的气味充斥了寝室,大家都捏着鼻子躲了出去。可是金枝没有躲,她帮着妈妈整理床铺,清洗弄脏的床单。妈妈给舒柳曼洗了澡,换上干净的衣裳。可是,梳洗干净的舒柳曼很快又把自己弄脏了,米粒儿粘在她的脸颊,衣裳的前门襟和袖管转眼黑乎乎一片。

金枝是我们中间的太阳,她的光芒超过了我。她像一株日益茁壮的向日葵,吸引了妈妈爱的关注。妈妈看着她的时候,和看着我的时候不一样。妈妈看着我,目光单纯而又干净,这是属于妈妈的目光。可是当她看着

云顶

金枝，目光里面有怜悯，有欣赏，还有一种说不清的东西——我一直没有读懂那是什么，也许有一天，我会懂，也许，永远不会懂。

金枝看着我的时候，眼睛里总是怀着善意，澄澈的目光倒映着天光，那里面流淌着让人怜爱的忧伤，也有太阳一样灼热的光彩。我为自己灰暗的小情绪惭愧。我也用一样干净的目光看她，仿佛只有这样，才对得起她的澄澈。当我看着她的时候，忽然就明白了妈妈为什么那么喜欢她——我没有经历过妈妈的小时候，但金枝，却在经历着妈妈的小时候，她是妈妈童年的翻版。我也忽然明白了，妈妈为什么要做很多人的妈妈——童伴妈妈。

爸爸是严厉的，当孩子们见着他，会不自觉地整肃自己的言行，爸爸像一杆旗帜，让你不由得挺立起背脊，面朝阳光。可是，他也曾经是个普通的孩子，就像杨文凯叔叔，他们都曾经很普通。杨文凯叔叔成了一个了不起的核物理专家，爸爸守在大山的深处，做一名普通

的老师,可是我们心里的爸爸也很了不起。他在自己的小时候就已经努力茁壮成一棵栉风沐雨的树。像别的男孩一样,金锁和李千万也崇拜爸爸。我从他们的目光里读到了向往。这种向往,一点都不比他们看着杨文凯叔叔的时候少。

村里的老人和干部都喜欢找爸爸聊天,他们烦恼的时候,无助的时候,迷茫的时候,陷入困顿的时候,都会来找爸爸。也有山外的人,他们来拜访爸爸,给予他更多赚钱的机会,或者做官的机会。挣钱和做官,爸爸说,和他现在正在做的事相比,那是两样没用的东西,走着走着,它们都会丢失。我们不需要太多的钱,也不需要看不见的权力,我们只要安安稳稳地生活着,彼此满满地爱着。

我一直以为爸爸坚强得好像山里的磐石,却意想不到撞见爸爸流泪的瞬间。有一天晚上,爸爸翻出了老相册,泛黄的照片散发着时间陈旧的气味,里面有爷爷和奶奶,有小时候的爸爸,还有他的兄弟姐妹。爸爸跟

 云顶

妈妈说起爷爷的故事,我的太爷爷、爷爷都当过乡村学校的校长,他们经历了不同的年代,他们都相信教育才是天下最神圣的事业,哪怕在动荡的年头,教育仍然是混沌中的亮光。至于别的东西,它们是易变的,黑的会变成白的,白的,也会被脏东西覆盖。于是爸爸也想循着太爷爷和爷爷的路,心无旁骛地做一件他心里认定的单纯又神圣的事。

爸爸的话我似懂非懂,我更无法理解什么是黑白颠倒的年代。至少,我眼睛里的世界,天光敞亮,白云悠悠,树木和青草都在无声地呼吸,和我们一起,和山里的鸡呀,羊呀,牛呀一起。

爸爸在回忆的某一刻,眼泪一点一点涌出眼眶。爸爸的眼泪让我惊慌和心痛。我有一点明白了,爸爸为什么会从外面回到云顶,妈妈为什么义无反顾地陪伴爸爸,为什么我们住的房子越来越小、越来越破旧,可是爸爸妈妈脸上的笑容却越来越舒展。

我还是有些嫉妒我的同伴们。可是,当我们一起玩

耍,当舒柳曼把零食分给我吃,当心心敞开她小小的怀抱拥抱我,当金枝教会我难算的数学题,当李千万哥哥抱我蹚过雨季里积水的操场,当饭堂里菜香弥漫,当校园里的茨竹蹿高,当灶房飘出乳白色的炊烟,当听见简陋的校舍里书声琅琅……我不再嫉妒了。嫉妒是一条啃噬叶子的小青虫,它让油绿的叶子千疮百孔,我不愿意自己的心布满虫咬的伤口。于是,我努力舒展自己的心。当小伙伴们拥有了爸爸妈妈的爱,我的爱一点没有减少,反而,我也拥有了他们。我在他们中间,不再孤独,还看见了头顶以外的天空。

　　天空,我想不出还有什么比天空更远的了。它比外面还要远,远得没有尽头。

素 歌

杨果开车载着春晓和苗苗下山。

一年里,他们回不了几趟彩云镇。镇上的房子还在,家具床铺都落了灰,学校里太忙,只有季节交替时,杨果才带着春晓和苗苗一起下山取换季的衣服。这年春天,他们终于有了一辆小汽车。两个人被评上全国乡村教师先进典型,拿到了一笔不小的奖金。夫妻二人盘算下来,决定买辆二手车。一来,有了车,杨果去镇上采购要方便得多;二来,周末接大孩子回来,也可以少雇一辆车,省下不少开支。

汽车转过一个又一个山坳子,前边出现一个简易长途

车招呼站,杨果将车靠边停下。春晓摇下了车窗,素歌从道边的杂货铺里走出来,笑吟吟地冲他们打招呼。

"那件事考虑得怎么样了?"春晓问素歌。

素歌点点头:"想好了,我干!"

春晓舒了口气,笑了。

春晓早就留意到素歌。素歌开着一家杂货铺,什么都卖,大到农具,小到米面调料,店面在一楼,自己住二楼。和云顶村里大多数出外打工的人家不同,素歌夫妻俩是从山外回来的。他们原在省城打工,过了一些年,素歌的婆婆病倒了,没法照顾两个孙儿,素歌只好回到村里,看护婆婆和两个孩子。过了一年,她丈夫也回来团聚了。又过了几年,婆婆去世,两个孩子也长大了,去了县城住读。素歌夫妻俩却没有再离开。素歌经营杂货铺,丈夫跑运输,后来,又参与乡村"户户通"工程,在山里筑路。夫妻俩的日子过得平淡又安稳。

素歌的杂货铺除了卖杂货,还备有一台银行刷卡机,不会使用新鲜玩意的老人从银行卡里提款,都是素歌帮着操

云顶

作。杂货铺的电话机不时地响,谁家老人需要买点什么,都跟素歌说。店铺里有的,素歌就抽空给送过去;没有的,素歌就设法去进货。素歌生性活泼又随和,村里的老人空闲了,喜欢聚在杂货铺聊天。老人渴了,素歌拿矿泉水给老人喝,可是,老人却常常像小孩,嫌矿泉水寡味,素歌就开了两瓶含糖饮料,用纸杯给老人们每人倒上一小杯。老人们爱喝橘子水,也喜欢甜味牛奶。素歌的杂货铺里,这两样饮料总是不缺。老人们过意不去,要拿钱买,素歌摆摆手:"你们要是拿了钱,我这小店就不欢迎你们来,不要来我这里摆龙门阵。"

空荡荡的云顶,就数云顶小学和素歌的杂货铺热闹。素歌偶尔空闲了,就骑着自行车来云顶小学找春晓。一般是课间的时候,春晓、杨果、陈老师和罗老师一起坐在乒乓球台上,晃着腿闲聊。素歌一来,也坐上乒乓球台,大家凑在一起,聊得越发欢畅。

几天前,素歌又来了。

"素歌,跟你商量个事,这事,你做最合适。"春晓说。

"啥事?"素歌带着笑说。

"肖书记前些天来找我,说'童伴妈妈'项目得做得更加深入,他一直希望有一个专职的'童伴妈妈',除了云顶小学的孩子,他要求我把云顶其他的孩子也都照顾起来,不能遗漏一个。他还打算把'童伴之家'挪到村委会去,好好改建一下。"春晓说。肖书记是云顶村的党支部书记肖海光,杨果的发小。

"我之前光知道你是'童伴妈妈',可'童伴妈妈'到底做啥,搞不明白。"素歌说。

"'童伴妈妈'专门守护村里的留守儿童,'童伴之家'呢,是给留守儿童举办主题活动的地方。简单说,就是给村里所有的留守儿童找个代理妈妈。"春晓说着,嘻嘻一笑,"这些年,我被送去参加'童伴妈妈'的培训,学到不少东西呢!可是,你知道,我们学校又收了不少孩子,我的活更忙不完了,怕自己完成不好'童伴妈妈'的任务,就向肖书记推荐了你。再说了,'童伴妈妈'也应该轮换,让更多有爱心的妈妈加入这个项目里来。"

云顶

"我怕做不好,我哪有你能干?再说了,我才初中毕业,没文化……"素歌犹豫了。

"不怕没文化,就怕没爱心。我看你行!你要是愿意,村里多一个人关心孩子,不是更好?放心,云顶小学和'童伴之家'不分家,你当了'童伴妈妈',有什么事,我都帮衬着你。"

末了,春晓又补充一句,"你要是当了'童伴妈妈',我和杨果就不会觉得孤单了。"

就这样,素歌当上了新一任的"童伴妈妈",云顶村的村委会里专门辟出一间小小的"童伴之家",里面布置得童趣、鲜亮,明黄色的背景墙,向日葵墙饰,展示墙上贴满了云顶小学孩子们的手工和绘画作品。空出的一面墙,留给村里其

云顶

他的孩子来展示。中间摆放着几张天蓝色矮桌,搭配彩色塑胶地垫,孩子们可以随意地席地而坐。墙角立着一台大红色儿童拳击靶,靠墙一溜小书架,上面的书是云顶小学的老师们以及村委会的干部们想方设法凑的,也有不少是杨文凯的捐赠,另一侧放置台式电脑的地方则是素歌的工作角。

电脑,对于素歌是个稀罕物。素歌上学的年代,从未接触过电脑,现在,得从零基础的打字学起,慢慢学会操作各种办公软件。素歌需要学习制表,登记村里留守儿童和他们的家庭情况,还得用电脑写活动小结。素歌坐进了陈老师教课的一年级教室,重新温习生疏的拼音,又让杨果教她各种电脑基础知识,多少年没有写文章,得把丢了的作文捡起来。素歌一板一眼当起了小学生。这个小学生,比云顶小学里任何一个学生都要刻苦。一个月后,从生疏到上手,素歌已经攻克了电脑入门关。她的第一项成果是用电脑打印了几行彩色的美术字,贴在"童伴之家"进门的地方,每个经过的人都能看到——

言语有人听,懊恼有人解

游戏有人陪,孤单有人暖

春晓见了,对素歌说:"你真有才,我干了这么多年,都没总结出这么好的话。"

素歌不好意思了:"我从别处看来的。"

肖书记让春晓陪着素歌挨家挨户地走访。

云顶山路蜿蜒,地势复杂,户与户之间相隔遥远,那些人家星星一样散落在大山的各个角落,凄清又寂寥。山里多见二层小楼,年轻人在外打工挣了钱,回乡盖了像样的甚至豪华的房子,可是,那些房子多半空荡荡,有的常年空置,光鲜的家具上蒙了厚厚的灰;有的住了人,也常常只见老人和孩子的身影。孩子多半去了中心校住读,若是周末回家,或是帮着老人喂猪干农活,或是百无聊赖地在山里转悠。

春晓和素歌每到一户人家,总要费一番口舌,她们是来排摸各家各户的情况的,各家的年收入如何,"童伴妈妈"项目能给留守的孩子带来些什么,又能给老人创造哪些福利,

云顶

有啥棘手的难题,又或者,需要村里提供哪些帮助……诸如此类。听的人先是狐疑和抵触,脸上写着"你们一定是想要从我身上得到些什么",有的干脆朝她们空空的两手瞟一眼,直白说道:"你们来调查孩子的情况,连颗糖也不带呀!"说得春晓和素歌一脸尴尬。她们先前也提议过带上礼物,可是肖书记说,上面有规定,去下头调研情况一律不准带礼物。"许是担心带上礼物,反而让关爱行为变得不纯粹了吧。"春晓和素歌想。

素歌庆幸有春晓在身边陪着。云顶人大都熟悉杨果和春晓,他们俩也曾受过乡亲的猜疑和白眼,这么多年过去,大家都看到了他们的心,把最大的信任给了他们。春晓当了好些年"童伴妈妈",大家对她都认可,现在素歌要接替春晓,有了春晓的帮衬,再合适不过了。

素歌的名册上渐渐积累起一长串留守孩子的资料,这些孩子,一部分和云顶小学的孩子重合,更多的,用春晓的话说,是"遗落在外面的星星"。

"我以为已经很了解云顶的孩子,结果还是不了解。"春

晓说。

两人从香卉家出来，喉头像是给什么堵住了。香卉的家位于云顶的最深处，即便是开车，也得花上一两个小时。春晓和素歌坐上了杨果来接她们的车，从这里回到云顶小学还需要转过数不清的山坳子。这时候，新月已经升上了天空。春晓抬头，在新月旁边看见了一颗明亮的星星。星星和新月挨得很近，新月的光辉几乎把星星淹没了，可是星星还是执着地发着光，虽然微弱稀薄，但也能让人明晰地辨别出它。

春晓和素歌心里想着香卉，一路上，两人都不怎么说话。春晓内疚着，来到云顶这么多年，居然不知道山里还藏着一个香卉这样的女孩。

云顶

香 卉

香卉来到这个世界上,注定和别人不同。人们说,香卉是"鱼的孩子"。

出生几个月,爸爸妈妈发现了香卉的异样。她不像别的小婴儿那样拥有细嫩的皮肤,从头到脚都好像覆盖着细小的黄褐色的"鱼鳞",夹杂着深色的斑纹,"鱼鳞"的边缘翘起,摸上去粗糙干燥,轻轻一捋,皮屑就像下雪一样往下掉。她没有汗毛,也没有头发,总是喊着:"痒!痒!"小手不停地在身上抓来抓去,指甲把皮肤划破了,伤口渗出淡黄色的脓水;伤口结痂了,又被她的小手抓破。夏天,她怕热,身子滚

烫滚烫,成天把自己泡在盛满井水的大水缸里;冬天,她怕冷,露在衣服外面的部位一不小心就会冻伤,哪怕在家里烤着火盆,也得包裹得严严实实,头上捂一顶绒线帽,再加一只棉纱口罩,只露出一双睫毛稀疏的眼睛,双手也必须戴上半指手套。全身的皮肤仿佛给她从头到脚套了一件僵硬而枯干的铠甲,身上所有的关节都被紧绷的皮肤牵扯住,手肘关节、膝盖、脚踝、手指和脚趾关节……整个人好像一个牵线木偶,做任何一个动作,都会痛,会痒。

香卉就像一个小怪物,总是被惊异和恐惧的目光袭击。孩子们看见她就躲,大人们见了,朝她指指点点。爸爸妈妈不让她出门,怕乡亲们受惊吓,更怕她遭人欺负。

有人劝爸爸妈妈带香卉去看病,可是哪来看病的钱呢?奶奶常年瘫痪在床,爸爸小时候得过小儿麻痹症,落下后遗症,走路一瘸一拐的,只有妈妈算一个完整的劳动力,一家人守着一亩三分地,能温饱已是万幸。

香卉已经十二岁了,却从没有上过学。

大人们把香卉藏在家里,可是香卉总想着去外面。趁大

云顶

人不备,她悄悄地溜到后山,溜到水塘边。虽然生活里没有伙伴,可是香卉觉得,山里到处都有她的伙伴。无论是天空、阳光、云朵,还是田野、树木、野草,每一样都是活的,都是会呼吸的。

黎明,她被麻雀的叫声唤醒。冬天太阳出来得晚,麻雀叫得晚;夏天日出早,麻雀叫得也早。麻雀是大山里最不起眼的鸟了,也不受欢迎,它们随时都可能栖息在树枝上、晒谷场上、田间地头,人们扎了稻草人插在庄稼地里,吓唬和赶走它们。可是香卉不讨厌它们,她留心观察过麻雀,它们行走的时候用双脚蹦跳,模样很好笑,它们眯着眼睛晒太阳,小脑袋转来转去,时而发出"啾啾啾"轻灵的叫声。冬天里,它们的小脑袋缩进蓬松的羽毛里,好像穿着羊皮袄的农夫,一旦人走近了,它们马上拍着翅膀惊慌地飞起来。麻雀不像喜鹊。喜鹊也常能见到,它们落下和飞起的姿势都很笃定从容,它们从来不惊慌,飞起来的时候,用带白色羽毛的翅膀在半空画出优美的弧线。

香卉仔细聆听过啄木鸟敲击树木的声音,笃笃,笃笃,

那声音带着一丝空旷而悠远的回声，仿佛树木里面是空心的。这声音让香卉觉得安静、幸福。她也用心观察过蚂蚁搬送比自己躯体大得多的甲虫尸体，但是蚂蚁看上去一点都不累。它跑得欢快，且从不放下猎物休息，就算被障碍物阻挡了去路，它也不惊慌，用两只触角耐心地探测，然后，绕过石子或者土块，继续执着地向着家的方向行进。

她喜欢去猪圈和两只小猪对话，她喂养它们，也把它们当作可以交谈的伙伴。两只小猪活泼又善解人意，只要听见香卉的脚步声，就争抢着挤到门边，用长长的湿漉漉的鼻子一拱一拱地迎接她。它们才不会嫌弃香卉的长相，眼神里只透着欢悦和亲近，它们用"哼哼哼"的声音表达兴奋，还表达对食物的渴望和对小主人的喜欢。香卉看着它俩专注地进食，笑着笑着，又会难过起来，一年以后，当这两只小猪长成大猪，将逃脱不了被吃掉的命运。

人们都害怕和躲避蜂巢，但是香卉不怕。她凑近了挂在树上的蜂巢，惊叹于蜂巢结构的复杂和神奇。她细心地观察工蜂勤勉地哺育幼虫，心里感叹着它们的爱心和细心。有一

云顶

天,村里有人一把火烧掉了蜂巢。香卉又愤怒又难过,急切地奔去大树那里。还有几只幸存的蜜蜂紧紧地挤在一起,偶尔,它们会疲惫地飞起来。如果香卉能听懂蜜蜂的语言,一定会听见它们的哀嚎吧,它们一定是在凄切地商量:"怎么办?怎么办!"

蜜蜂无家可回了,和它们相比,香卉觉得自己还是幸运的。虽然被外人嫌弃,还好家里人没有嫌弃她。她尽着一切努力做着能做的事,除了喂猪,还打猪草、采茶、生火、做饭,虽然动一动,裂开的皮肤就往外渗血,但她忍着,不喊疼。时间长了,她已经习惯了和疼痛、和身上的"铠甲"相处,但她没法习惯别人看她的目光。她渴望变成一个隐形人,可以自由地走到天空底下,像风,没有什么可以阻挡她。可是不行,人们的目光就是牢笼,竖起一道道无形的栅栏,把她关在了里面。

偶尔,她和大人一起路过云顶小学,听见里面飘出孩子的嬉闹声,还有书声琅琅。但她只是看看,只是想想,从没有开口说过:"我也要上学。"

终于,春晓和素歌来了,她们听说了她,来看她。香卉躲在里屋,迟迟不肯出来。她的心怦怦跳,支起耳朵,探听着外面的动静。里屋的门帘被掀起,她看见了一张圆润可亲的脸,是春晓哟!香卉曾经远远地在学校外面眺望过春晓,她领着一群学前班的孩子做操,香卉远远地跟着学,但每做一个动作,都那么艰难,可她还是悄悄学会了春晓教孩子们的歌:

青山一排排呀

油菜花遍地开

骑着那牛儿慢慢走

夕阳头上戴

天上的云儿白呀

水里的鱼儿乖

牧笛吹到山那边

谁在把手拍

这里是我的家

云顶

这里有我的爱

爷爷说过的故事

我会记下来

这里是我的家

这里有我的爱

外婆唱过的童谣

我会把它唱到青山外

无数次,香卉哼唱着这首《马兰谣》,想象自己可以飞到青山外面。但她知道,这只是个梦。

现在,春晓来到她的面前。还有素歌姨,她说话快得好像倒豆子,一边说,一边笑,也让人觉得亲近。她们仿佛根本不在意香卉的模样,她们看着香卉的眼神,就像见着一个熟悉的人。她俩都有一个让香卉觉得亲近的身份:童伴妈妈。

香卉激动地听见春晓在对妈妈说,让她去上学。素歌则说,"童伴之家"随时欢迎她去,她可以在那里画画,用橡皮泥做泥塑,和远近乡邻的伙伴们一起玩游戏。她听见妈妈在

推托,在顾虑,妈妈压低了声音,但她能猜出妈妈在说什么。妈妈一定在说,不可以,不能麻烦你们。妈妈总是担心给别人添麻烦,好像她生下香卉本身就犯了个大错,她用每一个辛苦操劳的日子努力弥补自己的错。可她不知道,听见自己的妈妈这样说话,香卉是多么难过,多么不忍心。有一只小兔子在香卉的心里拼命地跳,那只小兔子要跳出来,又被香卉压回去,可是小兔子太活泼了,香卉管不住它了,于是它终于挣脱了束缚,跳到了外面。不知哪里来的勇气,香卉站到了春晓和素歌面前,她听见自己在轻轻地说:"我要去,要去上学,要去'童伴之家'。"

妈妈张大了嘴,惊讶地看着香卉,像是不认识她了。

春晓和素歌脸上却绽开了笑颜:"我们会努力为香卉争取到医疗补助,先带她去省城看病,然后,让香卉像别的孩子一样高高兴兴去上学!"

这是梦吗?香卉不相信。"外婆唱过的童谣／我会把它唱到青山外",这个歌里唱过的梦,真的会实现?

可它真的实现了。

云顶

　　素歌辗转通过慈善基金会为香卉争取到了医疗补助和路费，上级单位又为她们联络了省城的大医院，就这样，素歌带着香卉和她妈妈一起坐汽车、坐火车，又坐飞机去了省城医院。飞到青山外的鸟，兴奋又惊慌，让香卉想起她观察过的麻雀，它们总是敏感又慌忙。她想自己现在也是这个样子，就连素歌和妈妈也是这个样子。她们仨好像在丛林里迷路的麻雀，迷失在省城的高楼里。

　　香卉被安排住院检查，主治女医生有一双温和又犀利的眼睛，香卉的全身袒露在医生面前，她害羞地闭上眼睛，避免与医生的目光相遇。医生用手触摸她像鱼鳞一样干燥结痂的皮肤，用听诊器探测她的心跳。不知怎的，当听诊器接触她的胸腔，她想起了啄木鸟敲击树木的声音，笃笃，笃笃。懂事以后，她还从来没有在别人面前如此袒露自己，哪怕是在妈妈面前，她都把自己的身体藏得严严实实，仿佛只有这样，才能守住最后一点点自尊。可是现在不同，香卉想，医生是拯救她的人，她有可能把自己丢失的自尊心一点一点找回来。

女医生做完了检查,说了很多安慰体贴的话。香卉真感动啊,她受过的苦和痛医生都知道,医生想帮助她,她从医生的眼睛里看得出来。医生给她开了很多外用和内服的药,说:"用了这些药,会减轻你的痛苦,不会那么痛、那么痒了。"

香卉在心里庆幸着,哪怕只是减轻百分之一的痛苦,她都会非常非常开心。现在,她的心情就像轻灵的喜鹊,嗖地一下,就飞到了天空下。

从省城医院回来,香卉像变了一个人,她爱笑了,也愿意和人交流了。可是,香卉的妈妈却心事重重,背着香卉以泪洗面。医生悄悄告诉妈妈和素歌,香卉得的是罕见鱼鳞病,鱼鳞病是一种遗传疾病,而香卉是鱼鳞病里最严重的一种,全世界像她这种情况的也屈指可数。这是一种不治之症,只能通过治疗减轻症状,更可怕的是,病症将累及香卉的脏器,可能未及成年,香卉就会离开这个世界⋯⋯

妈妈听着医生的话,眼泪慢慢地溢出眼眶。妈妈已经习惯了背着香卉哭,不出声地哭。香卉也习惯了背着妈妈哭,

云顶

不出声地哭。但这回,妈妈趁香卉不注意,冲进医院的厕所,扶住水池号啕大哭。她打开了水龙头,把水开到最大,哗哗的水声盖不住她的哭声。旁边的人见了,拍拍她的背,叹口气,离开了。

素歌带着香卉和她妈妈回到了云顶。用了医生开的药,香卉的痛苦减轻了一些。当着香卉的面,妈妈显出特别高兴的样子。可是只要背着香卉,妈妈就会抹眼泪。素歌对香卉的妈妈说:"你不能这样啊,就算这孩子的生命有限,咱也要让她每一天都过得开心哪!你不开心,孩子怎么能开心?"妈妈听着,拼命地点头。

香卉的脸上却有了笑,她觉得自己有希望了。而让十二岁的香卉最兴奋的是——她将成为云顶小学的一年级新生!

苗 苗

学校里的每个孩子都知道,香卉要来了。

我们还知道,香卉和我们不一样。

可是妈妈和爸爸一再地说,一定要让香卉感觉到她和我们一样。

什么是"一样",什么是"不一样"?我们问爸爸和妈妈。

"不一样,就是治不好的疾病选中了香卉,她的外表看上去和我们不一样。可是,香卉的内心和我们一样,她会高兴,也会难过和伤心。得了疾病的人,不应该

云顶

被另眼看待。不要用奇怪的眼神去看香卉,也不要研究和议论她,就当她和你们中的任何一个人一样。不要让香卉受到疾病以外的伤害。你和别人怎样说话,就和香卉怎样说话,和她一起玩游戏,在她需要的时候,给她帮助。"爸爸说。

原来,这就是"一样"。

妈妈说,很多时候,我们每个人都应该"一样"。没有人被瞧不起,没有人被欺负,我们被同等对待,虽然这样做很难很难,但是我们也要努力做到。

我想到舒柳曼,也想到那个被爸爸妈妈拒之门外的猛兽男孩。

我们对待舒柳曼有过"不一样",因为她脏,她不聪明,我们远离她,是因为我们胆小,我们自私。

猛兽男孩连进门的机会都没有,因为他可能造成危险。但我知道,虽然爸爸和妈妈拒绝了他,他们却在心里对他感到歉疚。我很多次听见他们提起猛兽男孩,责怪自己的怯懦和无能。他们回到云顶,是为了心中的爱,可是,当他们需要付出更多爱的时候,他们却退缩了。他们不够有力,也不够强大,担心自己的爱保护不了所有的人,所以,他们不得不放弃另一个。

这个世界上有大得无边的爱吗?大得可以把一切都包容进去的爱?我想,它应该比天空更加宽广,人们在心里向往它,接近它,虽然我们都做得不够好。

我们终于迎来了香卉。香卉走进一年级教室,就好像低矮的草丛里种下了一棵树,一年级的孩子需要仰望她,我也需要仰望她——她比我们的个子都高。香卉坐在教室最后一排,在操场上做操的时候,她也站在最后。她对学校里的一切都感到新鲜。她学习拼音,学习用戴了半指手套的僵硬的手写字和画画,也学习做广播体操。这些事情对于香卉来说都不太容易,但是香卉学得很努力。

舒柳曼见到香卉非常亲切,她给香卉吃薯片和果丹皮,还教香卉识字——香卉识的字还不及舒柳曼多,写作业也比舒柳曼更加慢。在饭堂里,香卉和金枝坐在

云顶

一桌,金枝总是热心地给她打饭、盛汤。课间玩耍的时候,香卉坐在旗杆下的小花坛边上,安静地看着我们。我走过去,朝她伸出手,说:"我们吹气球玩吧。"香卉吹鼓了一只红色的气球,用手轻轻一颠,红气球飞上了半空,小石头和心心跑过来,追赶着气球。香卉笑了。香卉戴着口罩,但我知道她笑了,她笑的时候,结痂的眼睑舒展开,她的眼眸里漾动着欢乐。

我们争先恐后地吹鼓了一只又一只气球,红的、橙的、绿的、黄的、粉的……这些气球是为星期天"童伴之家"的活动准备的。素歌姨和妈妈商量了好多天,她们打算在星期天为在九月过生日的留守孩子过一个集体生日,里面有我们云顶小学的孩子,也有其他我们不认识的云顶的孩子。

星期天一大早就下起了瓢泼大雨,雨点大得好像一只只小拳头砸在地面上,形成密匝匝的小水洼。我们打着伞,冒雨走路去"童伴之家"。到了那里,素歌姨和妈妈已经在迎接我们,墙上和门框上点缀着彩色的气球,好听的音乐在不大的空间里环绕,天蓝色矮桌上放着一只硕大的圆形盒子——里面一定是生日蛋糕!我很遗憾自己的生日不在九月,九月过生日的,除了小石头,还有心心,过一会儿,我还会认识另外几个九月生日的小寿星。

大雨一直没有减弱,雨点打在屋顶上和瓦檐上,叮叮咚咚地响。我们在门口张望,担心雨水阻碍了人们的脚步。但很快,在雨幕中出现了一个又一个走来的人。是住在云顶的其他孩子,在爷爷奶奶或者外公外婆的陪伴下走来了。他们也许走了一个小时,也许走了两个小时,也许是三个小时。当那些孩子看见"童伴之家"的牌子,眼睛里都闪出了光。我们生活在同一片大山里,我却好像从没见过他们。我们都是散落在山坳坳里的小草,在属于自己的一小块地方笨拙地长大。

生日歌响起来了,大蛋糕盒子被揭开,我从没见过这么大的生日蛋糕,蛋糕上裱着几个红色的字:

 云顶

生日快乐,天天快乐!

有谁能够天天快乐呢?爸爸不能,妈妈不能,香卉不能,金枝不能,我也不能。我们时常有淡淡的忧伤,可是,这些忧伤会被忘记,会被新的欢乐替代。就像乌云会被山风吹走,太阳会从云层后放光;就像今天,大雨冲刷了我们的忧伤,我们挤在小小的"童伴之家",唱一首生日快乐歌。

妈妈拿出手机,和远方的每一个小寿星的爸爸或者妈妈视频通话。小石头的爸爸曲水平我第一次见,他看上去好像个爷爷,花白的头发,脸上皱纹丛生,他用不太连贯的话祝小石头"生日快乐",看上去有些紧张,也有些木讷。小石头望着手机屏幕里的爸爸,害羞地低下头去,但是我看见了,他在偷偷地捂着嘴笑。

心心的妈妈还是那样年轻美丽,她搽了胭脂涂了口红,穿了一件带花边的连衣裙,背景不再是工地,而是双层床的简朴的宿舍。她在祝心心"生日快乐"的时

候,用手比了一个"心"。素歌姨问心心:"你想对妈妈说什么呢?"心心涨红了脸,支吾了半天,轻轻说:"心心想妈妈,妈妈不要太辛苦。"心心的妈妈好像不相信自己的耳朵,脸上露出惊异的表情,很快,她捂住脸,感动得像孩子一样地哭起来,可她哭着哭着,又笑了!

另外过生日的,还有一个六年级的男孩和一个上初二的女孩,男孩叫轩轩,女孩叫美静。他们是大孩子了,不像小孩子那样兴奋,他们羞涩而又克制地和视频那头的爸爸或者妈妈说话。爸爸或者妈妈总要说:"好好学习,要听话!"他们说的话好像一个模子里刻出来的。

轩轩的爸爸是油漆工,他的手里还拿着一把油漆刷,帽子上沾了各种颜色,看上去有一些滑稽;美静的妈妈站在医院的走廊里,背后有穿着病号服的人被搀扶着走来走去。素歌姨介绍说,美静的妈妈在省城的医院里当护工——护工就是专门照顾病人的人。挂掉电话,美静还是望着手机屏幕发呆,她小声对素歌姨说:

云顶

"十年了,我妈妈睡觉连张床也没有,一直睡在躺椅上……"素歌姨频频点头:"我知道,知道你妈妈辛苦,美静懂事了,知道心疼妈妈了……"说着,素歌姨的眼睛红了,美静也哽咽起来。忧伤像一张无形的网,罩住了小小的"童伴之家"。

我闭上了眼睛,因为我不想看到哀伤的画面。我希望大家都能展露笑颜,忘记忧伤。今天是个欢快的日子,天空也下着雨为这个日子添上了背景音乐:滴滴答,滴滴答,好像时间悄悄走动的温柔的脚步声。

素歌姨和妈妈打破了凝固的空气,她们拍着手,调高伴奏的音量,再次带领大家唱生日快乐歌。当我睁开眼睛的时候,便看见了一张张含笑的脸。小石头、心心、轩轩和美静戴上了"生日王冠",小石头和心心干脆站到了椅子上,手里拿着蛋糕刀,四个人一起为大家切蛋糕。

"噗"地一下,忧伤的泡泡破了,大家又变得欢快起来。

小石头吃蛋糕的时候,几乎把脸埋进了蛋糕里,沾

了一鼻子的奶油。心心指着他嘻嘻笑起来。小石头愣了一小会儿,马上抹了一指自己脸上的奶油,擦到了心心的脸颊上。心心跳下椅子,躲闪着,嬉笑着。其余的小孩子,也学着小石头和心心的样子笑闹起来。素歌姨和妈妈没有阻止他们,在旁边看着,笑着。到后来,素歌姨和妈妈干脆也用手指沾了蛋糕上的奶油,在自己的嘴唇上画了两撇"白胡子"……欢笑声淹没了小小的空间,大家争相模仿,每个人都成了留着白色"八字胡"的"老爷爷"。

笑够了,闹够了,素歌姨拍拍手,说:"别闹啦,差点忘记干'正经事'了!"

"正经事"就是接下来的画画。妈妈和素歌姨早就说了,要为我们的画作办一次展览,让村里的老老少少都来欣赏我们的画。

于是,我们赶紧擦干净各自脸上的"白胡子",静下心,围着天蓝色的矮桌排排坐。每个人被分到一张白色的卡纸,一盒水彩。素歌姨说,我们要把未来的梦想画

 云顶

下来,每个人都有自己的梦,我们的画也是各种各样的吧?

画什么呢?我望着窗外的雨幕出神,雨把远处淡青色的山罩住了,我们好像生活在仙境里。我想起我们住过的城里的房子、彩云镇的房子,爸爸妈妈开过的火锅店,现在我正住在爸爸和妈妈的梦想里——云顶,是爸爸和妈妈的梦想。可是我知道,有一天我会离开云顶,我去的地方现在不知道,但我希望那里有湛蓝透明的天空,有充满阳光味道的自由的空气,更有很多很多笑脸。于是我画下我的梦想,那张画是金色的。

香卉趴在我旁边涂画。她画得很慢很慢,她的右手僵硬地握着画笔,每画一笔都很吃力。但是我们不着急,我们画完了,耐心地等待她。我看见她在画一片绿色的田野,还有,天空中的太阳……几棵歪歪扭扭的树,最后,她画了一个看不清五官的小人儿——我想那是一个女孩,因为她的脑袋后面拖着一根马尾辫,小人儿张开双手,她在做跳跃或者跑步的动作。这就是香卉的梦

云顶

吧,希望自己像别的孩子一样,自由自在地在太阳底下挥动双手,欢呼和奔跑——我从没想过还有不能奔跑的孩子,像香卉这样,从头到脚被皮肤的"铠甲"锁住的孩子。

香卉最后一个画完。我们安静地围着她看。没有一个人表现出急躁,也没有一个人催促她。虽然香卉笔下的线条断断续续、歪歪扭扭,素歌姨和妈妈一直在表扬她:"画得真棒!"

最后,我们一个一个展示自己的画,讲述自己的梦。

轮到李千万哥哥讲了,他每个周末回到云顶小学的家,他是受所有人欢迎、爱帮助人的小哥哥。他展开他的画,那张画满满都是人的脸。他指着画解释说,画中间的五个人是他的家人:爸爸、妈妈、爷爷、奶奶、弟弟,画后面那么多小人儿是学校里的伙伴。"这幅画的题目是——最好的生活。"千万哥哥说,"回到家里,有爷爷奶奶爸爸妈妈和弟弟;来到学校里,有很多可爱的小伙伴,这就是最好的生活。"

千万哥哥的画里有他生活里缺少和向往的东西，也许，他永远都无法拥有，但是，并不妨碍他照样憧憬它们。当他说完，大家都安静下来，像是在想心事。是呀，什么是最好的生活呢？千万哥哥说出了我们每个人的心里话。

  素歌姨打破了沉默，她提高音调，把我们心里想的欢快地说了出来："李千万的梦想，也是我们每个人的梦想呀。你们说是不是？"

  我们都用力点头。对有的人来说，千万哥哥的梦太容易实现了，可是对于我们云顶的孩子，却是一个不容易实现的梦。千万哥哥梦想的最好的生活，我现在正拥有着——我一直和爸爸妈妈在一起，爸爸还时常带我去看望奶奶，在学校里，有那么多可爱的小伙伴围绕。这么想着，我觉得自己无比的幸福，并且很庆幸爸爸妈妈当年的选择：回到云顶，并且始终把我带在身边。

  主题活动将要结束的时候，门口出现了一个人，我认识他，他是和爸爸从小一起长大的伙伴，是请素歌姨

 云顶

担任"童伴妈妈"的人,也是帮助建立起"童伴之家"的人。他是——肖海光书记。

他穿着长筒雨靴,披着蓝色的雨衣,浑身湿漉漉的。他说自己是路过这里,很快还要赶到下一个地方去。他没有脱雨衣,抹了一把脸上的雨水,站着吃了我们留给他的生日蛋糕,一边为自己的迟到向我们道歉。他一定是饿了,因为他三两口就把蛋糕吃完了,他舔了舔嘴唇上的鲜奶油,开始说话。他说的那些话,有的我听得懂,有的听不懂。当我一点一点长大,我慢慢知道,有好多大人交谈的内容是小孩子听不懂的。不过,这没有关系,我们选取听得懂的话去体会,比如肖书记说的关心和鼓励的话,我们都能听懂;他还说了很多关于云顶未来的话,比如经济,比如发展,这两个词离我是那么遥远和陌生,就好像枯燥的数学公式,我无法触摸和感受它们。但我想,它们一定也像天上的星星那样闪着耀眼的光,时时刻刻和我们在一起,虽然我们一时无法抵达那里。

肖书记

面对眼前这些脸上还残留着奶油痕迹的孩子，肖海光百感交集。他小的时候，从未尝过鲜奶蛋糕的滋味。对他和哥哥妹妹来说，炸麻花才是天下第一美味。饥饿，是童年留给他的暗淡记忆，可是，连同饥饿一起的，还有在山野里撒欢时的自由、与母亲相守的温馨和鲜亮。

肖海光永远不会忘记村头老槐树下的那一幕。那一年，他八岁。

夏天最闷热的日子，整个云顶的老老少少集中在大树的浓荫下改选生产队长。老人将手里的蒲扇往树根那里一

云顶

插,席地而坐,半闭着眼睛,时不时抽几口烟枪;妇女们从各自家里搬了小板凳,坐成一圈,有的纳鞋底,有的剥豆,手里都没闲着;年轻的姑娘和小伙围在外圈,三三两两嘻嘻哈哈,或者凑在一起窃窃私语;孩子们则在树与树之间你追我赶地疯跑着,时不时被自家大人呵斥几声。蝉鸣声声,一声紧似一声,加重了空气中的不安与烦躁。

这时候,复生叔被人用一副担架抬了出来,他从担架上吃力地支起身子,清了清嗓子,说:"大家都在心里盘算盘算,咱们得把真正愿意为大家干事的人选出来。"

复生叔是前任生产队长,两个月前摔断了腰椎骨,几乎半瘫在床上,啥也干不了。复生叔话音未落,底下便热闹起来,一个一个名字被喊出来,有的还带着点恶作剧的戏谑。被提议的人全都拼命摆手。复生叔心里明白,没人愿意接这个既没收入补助又吃力不讨好的苦差事。

僵持了好一会儿,终于,一个略带沙哑的女声响了起来:"大家如果信任我,我来干这个队长!"躁动着的人群立刻一片肃静,小孩子停止了跑动,都停下来,转头看向那个

说话的人。说话的,正是肖海光的妈妈黄秀玉。

妇女当生产队长,这可是一件闻所未闻的新鲜事!大家都蒙住了。

复生叔打破了尴尬和沉默:"我看行,秀玉嫁到我们村,大家都看到了,她勤俭持家,泼辣能干,还能写会算,脑筋又活,相信能带领大家干好。我同意!"

村里最有威望的保山爷爷紧跟着点头:"我也同意!"

保山爷爷说完,下面的人一个接一个地表态:"同意!""我也同意!""支持你,秀玉!"也有人扑哧笑道:"我倒要看看,这妇道人家怎么把咱们带到沟里去!"

耻笑归耻笑,最终,肖海光的妈妈还是当选了,成了云顶有史以来第一个女生产队长。

黄秀玉当了生产队长,干得有模有样,她白天和村里人一起辛苦劳作,晚上在昏黄的灯下给大伙记录工分,村里的大事小事一肩挑,即便是原先想看笑话的人也不得不服气。

很多年以后,当肖海光从省城回到云顶村,打算竞选村支书的时候,脑海里浮现的,就是当年大槐树下的那一幕。

云顶

肖海光问已经满头白发的黄秀玉:"当年,你为什么要自荐当队长?"

"你爸爸走得早,我一个人带着你和你哥哥,还有你们的小妹妹,孤儿寡母的,给人瞧不起,"妈妈抬眼看了一眼儿子,说,"我就想争口气,被人瞧得起。"

肖海光不说话了。小时候吃过的苦,他都记得。可是回想起来,除了紧衣缩食,回忆里却都是满满的欢乐和美好。小时候,他和杨果最要好。两人一起在外头疯玩,晚回家被妈妈用擀面杖追打是常有的事;稍大一点懂事了,又一起去山里给杨果生病的爸爸采摘中草药,两家人谁家的地里需要帮手,总是没有二话。

肖海光还记得,小时候饭常常吃不饱,过一些时日却能从妹妹那里分到小半根炸麻花。卖麻花的是个满脸麻子的女人,隔上个把月,就会提着一篮子炸麻花来村里转悠,一边走,一边叫卖着:"卖麻花啦……又香又脆的麻花……"

麻花女人的脸黑黢黢的,乍一看有些吓人,又丑又老。小孩子们买不起麻花,嘴又馋,便跟在她身后一遍又一遍恶

作剧地唱:"麻子老太卖麻花,逗得大家笑哈哈!"

黄秀玉却不允许三个孩子叫麻花女人"麻子老太"。"要叫奶奶。"黄秀玉一脸严肃地说。每次见了麻花女人,黄秀玉都会从她那里买一根麻花给小妹妹吃,小妹妹又分半根给两个哥哥吃。对于饭都吃不饱的肖海光,炸麻花如同天上的美味,他舍不得把麻花吃完,只是爱惜地掰下一小块,小口小口地吃。孩子们吃麻花的时候,黄秀玉便和麻花女人东一句西一句地聊天。

三个孩子总是盼着麻花女人进村,见了麻花女人,他们便亲热地叫一声"奶奶"。麻花女人便笑着应声,眼睛里也是笑意盈盈。

"要不要一人来一根?"麻花女人问肖海光和哥哥。

但兄弟俩谁也不敢答应,只是拼命咽口水。照例,黄秀玉每回都只从麻花女人那里买一根麻花给小妹妹吃。

又过了好些日子,肖海光一直没见着麻花女人,便问黄秀玉:"妈,麻花奶奶怎么不来了?"

黄秀玉叹口气,说:"她死了。一个苦命人。"

云顶

从黄秀玉断断续续的叙述里,肖海光才拼凑起麻花女人的故事。

麻花女人小时候得了天花,性命保住了,却落下了一脸麻子。三十多岁了,才嫁给邻村一个穷小子,婚后,生了个傻儿子。全村人都在背后嚼舌头,说麻花女人天生是个克夫克子的命。居然给他们说中了,结婚第五年,麻花女人的丈夫病死了。她独自一人带个傻儿子,活得更加艰难,除了种地,便炸麻花贴补家用。

肖海光听了麻花女人的故事,心里发酸,埋怨妈妈:"怎么现在才告诉我们,她真可怜。"

"傻孩子,告诉了你们,怕你们不懂事,到处乱说,伤了麻花奶奶的心。"黄秀玉说。

"那你怎么不多买两根麻花,给我和弟弟一人一根?"哥哥问。哥哥问的也是肖海光的困惑。

"买一根麻花都是我从牙缝里省下的钱,哪有钱再买两根!"黄秀玉嗔怪道。

"那为什么只买给小妹妹吃?"肖海光不甘心地问。

"买给最小的妹妹吃顺理成章,不然,麻花奶奶知道我照顾她生意,会不安心的!"黄秀玉说。

肖海光好久没有说话。他像是忽然明白了许多,妈妈的话好像一束光,把他的心照得亮堂堂的。

肖海光十五岁时和杨果一道走出了村子。杨果后来当代课老师,开火锅店。肖海光一路打工,进了一家大型外企,从生产线上的工人干起,升到了管理层。再后来,杨果回到了云顶。杨果回来的第二年,肖海光也回来了,他回到云顶后,结了婚,生了孩子,安下家不走了。人们问他,在外面干得好好的,为啥回来?肖海光总是敷衍几句就过去了。他去村委会转悠,见村干部们不是捧杯茶看报纸,就是窝在一起抽烟打牌,办公桌上积满了灰尘,地上到处是烟蒂和瓜子壳。肖海光想,他选择回来也许是对的。

这一年的年底,村里改选村支书,肖海光参与竞选,发表了演说,他从麻花女人讲起,讲到当年妈妈自荐当生产队长,又一二三四五,说了自己想干的一些事。最终投票时,他毫无悬念地当选了。有人说,光凭肖海光有个黄秀玉这样又

云顶

能干又有菩萨心肠的娘,他就配当这个村支书!

自从肖海光当了村支书,人们再也看不到村干部打牌抽烟看报纸的景象,村委会的办公室给拾掇得干净整洁,还专门开出了村民图书室和像样的会议室,到后来,为了解决村里的留守儿童问题,又积极参与国家的"童伴妈妈"项目,建了"童伴之家"。他还带领大家开垦茶园,办茶厂,在稻田里养鱼,种植中药和果树。村民们说:"你看这肖书记,脑洞比天还大,浑身像有使不完的劲!"

起初,村里人看不懂肖海光干的那些事。比如说,现在生活改善了,家家户户都建了两三层的小楼,在小楼的外墙贴上墙砖,远远一看,光鲜亮眼得很。可肖海光呢,居然阻止村民拆老宅,说由村里出资补贴,横竖要让他们保持老宅的原貌,土墙、青瓦、茶色梁柱,还必须"修旧如旧"——修完了,看上去和旧的没啥两样!然后呢,又说动那些人家腾出一两间屋子,拾掇干净了,拿出来当"民宿"。民宿是啥?外面来了人,不住旅馆,而是和村民们同吃同住。也真奇了怪了,这些土得掉渣的老房子,偏偏招城里人喜欢,来的人络绎不绝。时间长了，开民宿的人家都增加了收入，看不懂的人现在也看懂了，说，肖书记毕竟是从大城市回来的，见过世面，知道城里人喜欢啥！

再比如，人人都知道，鱼该养在池塘里。可肖海光偏不，他让各家村民拿出几亩稻田，边种水稻边养鱼。那些鲫鱼呀，鲤鱼呀，草鱼呀……吃着稻田里的杂草、虫子和稻花长大，养得肥肥的。鱼儿排出来的粪便呢，又成了水稻的肥料。肖海光说："这叫作生态互补循环。"嘿！肖书记的新词可真多。

刚开始，村里好些人冷眼旁观，心说："看你还能整出啥新花样！"没想到，稻花鱼不仅销路见好，甚至有很多城里人专门开车来云顶住民宿，就为了吃一口稻花鱼。村民们的口袋鼓了，那些看热闹的人不得不心服口服。

最喜庆的要数捕捞稻花鱼，每逢那个时候，简直是云顶的节日。捕捞前，肖海光挽起裤腿，赤脚跳进稻田，指挥村民们在稻田的内侧开出浅浅的沟渠。之后，连续几天放水，慢慢地将稻花鱼引入渠内，再用鱼篓把鱼儿们一条一条捉起

 云顶

来。肖海光捉鱼,动作又轻、又快、又稳,只需弓起身子,手往沟渠里一伸,转眼间,那肥硕的鱼儿就被牢牢地抓在他双手的虎口间了。捉来的鱼儿们被放入清澈的山泉池里,过上半个月,它们就吐尽了身体里的泥腥味,出落得清爽又干净了!稻花鱼最好吃的做法是煮鱼汤,漂着油星子的热汤里,泛着葱花和蒜瓣的清香,鱼肉嫩辣滑爽,配菜的芋子块、豆腐泡,挟带着鱼的鲜美与汤的香辣,吃一口鲜得眉毛都掉下来……难怪村里的稻花鱼供不应求,难怪那些城里人,不惜长途跋涉,来了一茬又一茬,只为尝一口稻花鱼鲜汤……

自那以后,肖海光要做什么,说闲话的人少了,主动出力的人多了。人们还不时巴望着,肖海光又能出个什么新点子。

现在,肖海光书记的脑袋里果真又有灵光闪现,而且,还是在"童伴之家"的主题活动上对孩子们宣布的。

"谁见过雷破石?"肖书记问下面的孩子。

小石头第一个举手,站起来说:"我!我还在那里过过夜!"

"他在那里吓坏了。"一个声音嘻嘻笑着,引出了大家一连串笑声。

小石头抬高声音回敬道:"我后来不怕了!闭着眼睛都能从密林里走出来!"

肖书记眼睛一亮,说:"你说说看,密林好不好玩?"

"好玩啊!"小石头说,"果爸爸带我认识了里面的好多稀奇古怪的植物呢!"

"你们倒是说说,要是城里的孩子来这片密林,他们会不会觉得好玩?"肖书记继续问。

孩子们你看看我,我看看你,不说话了。他们没法判断城里孩子的心思,更弄不明白肖书记葫芦里卖的什么药。

但是在场的春晓猜出了几分。回到云顶小学,春晓对杨果说:"肖书记点子一个接一个,我看他,是打算大规模开发云顶的旅游了。"

春晓没有猜错。隔天晚上,肖海光就来找杨果了。从小就是这样,遇到大事,肖海光都喜欢找杨果。两人虽然年纪相仿,但杨果显然比肖海光沉稳一些,思考问题也成熟。

云顶

"我想通过旅游把云顶的经济搞上去。你看,我们现在有果树林,有稻花鱼,有茶园,可以搞生态旅游,"肖海光侃侃道,"还有那片密林,密林里有远近闻名的雷破石。如果把那里开发成'勇敢者道路',吸引城里的孩子来这里,既可以探险,又能学习各种动植物知识,该有多好……"

杨果频频点头:"可以办成青少年素质训练基地或者研学营之类的。"

"我正这么想,"肖海光说,"所以来找你商量,我想打造一条龙的生态旅游项目,不仅得有玩的,还得有吃饭的地方……"

"还得有住的地方。"苗苗在旁边听见了,插嘴道。

"对!苗苗聪明。"肖海光伸手揪了一下苗苗的小辫子。

"我已经四处打听了,也有了一些具体想法和实施方案,别说,不少投资商对这个项目很感兴趣呢!"肖海光兴奋地说着,拿出一张修改得密密麻麻的手写方案,递给杨果,"你也帮我提提意见。"

杨果接过,凝神看了一会儿,说:"这方案,有可行的地方,比如,我们现有的一些资源如果利用好,确实有吸引力,但是,游客吸引来了,食宿是一大问题。目前村里的民宿只能小打小闹,接待能力有限,来的人多了,就涉及大规模的餐饮和住宿。你看这山里险峻的地势,哪有什么合适的地方来建宾馆和饭店呢?"

"这也是我的顾虑,是想法实施的最大障碍……"肖海光蹙着眉,低下头想了一会儿,欲言又止。

肖海光走后,春晓对杨果说:"肖书记脑子活,点子真不错。"

杨果说:"他是真心想回来为云顶干点事。"

"可我心里却有点乱。"春晓说。

"为啥?"杨果问。

"说不清为啥。"春晓说着,把泡在盆里的床单倒进了双缸洗衣机,一拧开关,卷筒轰隆隆地转起来。

云顶

春 晓

这周轮到罗老师值勤。她讲完一堂语文课,看了看手表,放下课本,走到门外的走廊里,"当当当"敲响了下课钟。那口屋檐下的小吊钟早已生了锈,打出的钟声涩涩的、哑哑的,却在清静的大山里悠悠地传出很远。

趁着课间,素歌来找春晓,两人坐在乒乓球台上,商量"童伴之家"的事。罗老师、陈老师和杨果,聚在乒乓球台的另一头,有一搭没一搭地聊天,一边留心着在操场上玩耍的孩子们。

女孩们采了野花和野草来,在旗杆下的花坛边编织戒指。香卉加入了她们,把野草摊在花坛边沿上,一根一根仔细理顺。金枝的手灵巧,野草在她的手指间缠来绕去,眨眼就编成了一枚指环,再插上一朵紫色的小野花,草戒指就做好了。金枝指指香卉的手,香卉怔了一下,犹豫着脱下左手的半指手套,把红红的脱皮的手伸给金枝。金枝用拇指和食指轻轻拈起草戒指,戴在香卉左手的中指上。女孩们欢呼起来,都缠着金枝教她们做。

香卉抬起头,见素歌和春晓不知什么时候走近了她们,便扬起左手,冲她们一笑。

春晓打趣说:"哟,好特别的草戒指!我也有一枚特别的戒指,你们都猜不到是用什么做的!"

"钻石做的。"

"红宝石做的。"

女孩们纷纷猜道。

"不对。"春晓摇头。

"别卖关子,快点告诉我们!"素歌笑着催促道。

"是一枚……螺帽戒指。"春晓说着,把手伸进衣服口

云顶

袋,摸呀摸,果真摸出了一只——小小的螺丝帽。

素歌哈哈大笑起来:"春晓,你可真幽默!"

其余的孩子你看看我,我看看你,想笑,却又使劲憋着,就用手捂住嘴,努力把喷出来的笑堵回去。

"别笑!"春晓说,"多亏这只螺丝帽,才让我下定决心当老师呢!"

于是,春晓就给大家说了下面这桩事。

那年,春晓十六岁,在一家寄宿幼儿园实习。自己还是个半大孩子,根本不懂怎么跟孩子打交道。上课的时候,一个孩子要上厕所,其余的也都喊着要上厕所。上厕所得教,吃饭得喂,晚上睡觉还得哄。春晓最怕孩子哭,一个哭了,别的孩子像按了开关,也一起跟着哭,教室里被此起彼伏的哭声搞得一团糟。春晓哄不过来,心里只觉得烦。

她带的班上,有个四岁的男孩,叫强强。有天夜里,强强踢被子,着了凉,第二天又是发烧,又是拉肚子。春晓抱着强强跑医院,陪他打针,给他喂饭,晚上怕他一个人睡踢被子,就把他抱在身边睡。夜里,强强老是往春晓的怀里钻,做梦

时迷迷糊糊喊妈妈。春晓心一软,把强强搂得更紧了。

强强病好了,成了春晓的"小尾巴"。春晓到哪,他跟到哪。春晓搬东西,他也帮着搬;春晓扭了腰,他就上前用小手给她捶。强强的奶奶家是开饭店的,他每个月回家再来幼儿园时,总会给春晓带上一个饭盒,里面装了各种卤菜。有一回,奶奶送强强回幼儿园,刚刚坐定,强强就推着奶奶让她赶紧走。

"不晓得这小家伙要搞啥花样。"奶奶笑着走了。

奶奶走后,强强把手背在身后,磨磨蹭蹭不说话。

春晓上前牵他手,强强把手从身后拿出来,小小的手掌心里托着一枚亮闪闪的螺丝帽。

"这是啥?"春晓纳闷。

"老师,这是我送给你的戒指,等我长大了你可以做我的女朋友吗?"强强认真地奶声奶气地说。

"我大笑起来,笑得上气不接下气,一边笑一边对他说:'你要好好学习……'"过去了很多年,如今春晓当着素歌和孩子们的面,模仿强强说话的腔调,还是笑得上气不接下

云顶

气。

素歌也大笑起来,女孩们捂着嘴,害羞地笑。

素歌边笑边结结巴巴地问:"你这么说,那……强强怎么反应?"

"对呀,强强怎么说?"别的孩子也催促道。

"强强呆住了,一脸失望,说'电视里不是这么演的'……"春晓还未说完,所有人又都笑起来。

春晓好不容易收了笑,说:"我那时候太小,不知道怎么回答强强,要是现在,我会在后面加上一句,你现在好好学习,长大了能遇到更好的。不过,真的要感谢强强,是他让我爱上了做老师。"说到这里,春晓停住了,看了看周围的女孩们,继续说道:"我原以为只是我在付出爱,实际上,孩子们,你们的回报远远大于我的付出。我一直保留着这枚螺丝帽,受委屈了,打退堂鼓了,就看看它。"

春晓把这枚螺丝帽举到大家面前,它是那么小,甚至套不上春晓的小指头。

香卉向春晓伸出手,把螺丝帽接过去,用手指拈着,朝

向太阳。孩子们围过去,凑近了看。

小小的螺丝帽簇起一小撮天空,里面的天光亮白得耀眼。

"长大了,我也想当老师。"香卉有些不好意思地说,像是在自语。

春晓听见了,说:"好呀,香卉,以后你来接我的班!"话刚说出口,却鼻头一酸,她赶紧揉了揉眼睛,悄悄把涌出来的眼泪擦干了。

小吊钟又当当当地敲起来,该上课了,孩子们唰地一下,全都跑回了教室。春晓也准备回教室上课。素歌拉住了春晓,有些神秘地说:"耽误你几分钟,我还有话没说完。"

"怎么了?"春晓回转身子。

"听说,有大老板要给云顶的生态旅游投资。"素歌说。

云顶

"这不是好事吗？肖书记一定高兴坏了。"春晓说。

"搞旅游，就得有宾馆住宿，说是看中了云顶小学的地块，要把咱这儿改造成宾馆呢……你家杨校长没听说吗……"素歌接下来的话，春晓都没听进去。她急着回教室，下一堂课，她本打算教孩子们唱新歌，可走到教室门口，却只觉得心跳快得像在打鼓，她下意识地捂住了胸口……

老夫妻

这些日子,杨果心事重重。

肖海光再次来找他,他不知道这究竟是好消息还是坏消息。肖海光告诉他,有一家很有实力的投资方考察了云顶,论证下来,决定斥巨资投入云顶的生态旅游项目。当务之急是为未来的宾馆和饭店选址,而云顶小学的所在地,无论是地理位置还是现有条件都最适合改造成度假宾馆。云顶小学位于云顶的半山腰,紧邻刚开通的盘山公路,是整个云顶占地面积最大的建筑,交通便利,改造条件也最好。

"他们都认为……没有比云顶小学……更合适的地方

云顶

了。"肖海光犹豫着开了口。为了说出这句话,肖海光几天没有合眼,他知道,这句话说出口,就等于往杨果心上插一把刀。无论是出于他们几十年的兄弟情谊,还是他从小养就的做人原则,都不容许他这么做。但是,他又不得不做出艰难的选择。

杨果喝了一口浓茶,不说话。

"我知道你的难处……"肖海光又说,"但这件事关系到整个云顶的未来发展……"

"那……我们云顶小学怎么办?这些孩子怎么办?"杨果沉默了半晌,问。

"校舍……我们再想办法。"

"可是,孩子们需要操场。云顶……这崇山峻岭的,哪里能找到第二块像现在这样平坦开阔的地方?"

"我知道……但这也是投资方看中云顶小学的原因。至于新学校……我一定会设法解决……"肖海光强调说。

杨果用双手托住了腮帮子,埋下头,不再吭声了。

肖海光和杨果的谈话不了了之。肖海光走了,春晓给杨

果喝空的茶杯倒满水,说:"我就说嘛,先前就莫名其妙地心乱。"

杨果比以前更加长时间地流连于小小的破旧的校园。这么多年过去,本已陈旧的校园更加破败,竹子做的校门腐朽断裂,上个月,他从山里砍来竹子,重新加固过了。前几年,教室墙壁刚刷过油漆,如今又脱落了,他琢磨着请人用瓷砖贴上半面墙,既干净,又能保持得更长久。春晓一直跟他抱怨,没有可以在下雨天晾晒床单的地方,他已经想好了,花个几千元,在后山太阳能热水器边上搭一个简易棚,到时候就不愁雨天衣服不干了。早年他和春晓一起从山里挖来的各种小树啊花草啊,早已在校园里长得郁郁葱葱,有时候,张姨的灶房里缺蔬菜,他去校园里随手一掐,就能采上一篮子野菜,茴香、鱼腥草、枸杞头、黄金叶、薄荷叶……炒了菜让几个老师吃一顿,绰绰有余。今年,校园东边的梨树还开了花,结了果,栗树和柿子树也是大丰收,柿子没来得及摘下,沉甸甸的果子从树枝上掉下来,半夜里都能听见"啪嗒啪嗒"汁水四溅的声音。

云顶

杨果问自己,回到云顶是为了什么呢?是为了让云顶的孩子生活得更好,也让云顶更好。现在,云顶眼看着有了更好的未来,这是不是自己内心深处一直期盼的呢?可是,没有了现在的云顶小学,那些整日在眼皮底下撒欢的孩子们怎么办?肖书记虽然许诺建新学校,但杨果知道,事情离办成还差十万八千里,到时,施工队入驻学校,他又得去哪里安置几十号大大小小的孩子?杨果解不开这个心里的死结。他跟春晓讨酒喝。他们用山里的药材泡了好几罐药酒,只有逢年过节请客的时候才舍得打开喝。这会儿,杨果想喝,春晓就给他斟了满满一杯,又给他蒸上一盘腊肉,自己坐在桌边,看着杨果自斟自饮。

苗苗在边上写作业,写一会儿,就抬眼看一眼爸爸和妈妈。爸爸在喝酒,妈妈埋着头缝补孩子们穿破的衣裳。他俩都不说话,苗苗也知趣地不说话,继续低下头写作业。可是过一会儿,她又会抬起头,看看爸爸和妈妈。她听见爸爸在叹气。

山里的冬天比任何地方都到得早,还没立冬,夜里就冷得冻脚指头,加上雾多雨多,即便是白天,也常常罩在迷蒙的冷雾之中。这天临近中午的时候,盘山公路上出现了一对打着伞、互相搀扶着的老夫妻,他们似乎走了很久,已经疲累得挪不动步了。他们没有带干粮,本想在山里买点吃的,却不想,走了大半天,除了冷清的农宅,找不到一家小饭店。他们走到云顶小学附近的时候,听见了小吊钟的钟声,听见了孩子们在走廊上跑动的杂沓的脚步声,也闻见了从灶房里飘出来的饭香和菜香。

"我们去小学食堂碰碰运气吧。"老奶奶对老爷爷说。

老爷爷说:"好。"

老夫妻俩走到灶房门口时,陈老师正帮着张姨刷碗,春晓从里面走出来,撞见了两位老人。

"我们可不可以买两份饭吃?"老奶奶问春晓。

"这山里,找不到一家饭店,我们出来大半天了……"老爷爷有些不好意思地补充道。

"孩子们刚吃完,如果你们不嫌弃,我给你们下两碗面吧。"春晓将两位老人热情地领到饭堂,让他们靠着火盆坐

云顶

下,给他们倒了两杯水,转身,又往火盆里添了几块炭。

过了不一会儿,春晓将两海碗面端到了老人面前,面里各卧了一只鸭蛋,放了几片腊肉,还撒了香菜、葱花和花生米。两位老人一定是饿坏了,几乎是狼吞虎咽地把面吃完。老爷爷捧起碗,把面汤都喝光了,放下碗,连赞好吃。说着,就要从随身带着的布包里掏钱。

春晓连连摆手:"爷爷,怎么能要你们的钱呢?你们觉得好吃,我就很高兴了。"

推托不下,老人只好把钱收了回去。

春晓给两位老人的茶杯里添满了水,陈老师和罗老师也围坐过来,和两位老人聊天。

老爷爷告诉他们,自己是云顶本地人,离开云顶几十年了,老了,就想到了身后叶落归根的事。这回,和老伴一起进山走走看看,顺便,想为自己百年后挑选墓地。

"虽然我在云顶已经没有亲人了,但不知怎的,这些年做梦老梦见云顶,心里盘算着,将来人不在了,还能回到这里。你看,我们云顶多美啊!"老爷爷说着,目光越过窗户,定定地望着雨幕中的青山出神。

杨果从外头进来,他把刚从镇上采购来的大包小包的食材搬进了灶房,转身进了饭堂。见着两位陌生的老人,客气地打了招呼,也在老人对面坐了下来。

一直没有说话的老奶奶开口了:"姑娘,你真是个善良人。今天真是太谢谢你了。"

春晓说:"别客气,我们家里都有老人。谁都有渴了想喝一口热水,饿了想吃一口饭的时候。"

"你们在这山里办学校,不容易。"老奶奶说。

"我们在这里好多年了。"杨果说。

"经历了不少事吧?"老爷爷开口问道。

"有苦有甜,甜更多,和这些留守孩子在一起,总感觉得到的比付出的多……"杨果朝窗外望去,孩子们在湿冷的操场上玩耍、跑跳、拍球、投篮,他们的活力似乎驱散了雾气里的寒意。看到眼前这一幕,不知怎的,一层薄薄的眼泪浮上杨果的眼眶。

"有你们这样有爱心的老师,是这些孩子的福气。"老奶

云顶

奶说。她看了一眼老爷爷，又转向杨果和春晓："你们在办学中如果有啥难处，也许我家老伴可以帮上忙。"

春晓和杨果面面相觑，不知老奶奶话里的意思。

老爷爷接过了话茬，说："我从前也当过老师。先是在中学里教书，后是做教育管理，搞了四十多年教育，可以说是'桃李满天下'了。我知道你们在山里办学，不比城里，要困难得多。遇到解决不了的问题，也许，我可以出一点力……"

"我们遇到活菩萨了！"坐在边上的罗老师脱口而出。

杨果和春晓却红了脸，欲言又止。

陈老师忍不住了，拍了一下杨果的肩膀，说："哎呀，你们就开口吧！老人家是真心想帮我们的忙。"

杨果咽了口唾沫，吞吞吐吐地说："其实，我也不知道该怎么说……"想了好一会儿，才把云顶要发展生态旅游，投资方打算把云顶小学改建成宾馆的事说了一遍。"说实话，这是一件两难的事。我们不能拖云顶发展的后腿，可是这些孩子呢，孩子们的生活更让我揪心哪！我们以后怎么办？我们又该去哪里，虽然肖书记他们能想办法，但是，真要实施起来,并不是一件容易的事……"

杨果说着,几乎要哽咽起来。

老爷爷上前拍了拍杨果的背,沉吟了一会儿,说:"你们再好好跟我说说,这些年办云顶小学的前前后后,以及孩子们的情况,还有你们的需求。"

杨果和春晓便一五一十地向老爷爷和老奶奶讲述,他们并没有多说艰辛,而是带着感激在回忆,他们回到云顶的初衷,他们朴素的办学理念,一路走来,那些曾经给予他们帮助的人,孩子们在这里发生的变化……

罗老师和陈老师也时不时地在边上插话。

"我们学校出过好几个全乡统考的状元呢!"罗老师说。

"那些有不良习惯的孩子,在这里也都改好了。"陈老师慢条斯理地补充道。

他们提了金枝、李千万和香卉的名字,还说起,好些从这里走出去的孩子考上了名牌大学,有了体面的工作,甚至,有个孩子在上中学的时候被选进了省篮球队,后来,还被选进了国家队……

云顶

老爷爷和老奶奶认真地听着,浑浊的眼睛有了光彩,他们时而点头,时而会心一笑,仿佛和老师们一起走进了过往的多姿多彩的岁月。

末了,老爷爷站起身,扶住杨果瘦削的肩膀,说:"谢谢你们带给我这么多感动,我当了几十年教师,都不如你们这些年来得丰富、有色彩。虽然我没有三寸不烂之舌,但我可以把看到的、听到的,告诉更多人,让大家都知道云顶,知道云顶有一所世界上最美好的小学校!"

老爷爷和老奶奶离开的时候,又下雨了。雨丝飘荡在空中,被风一吹,斜斜地荡来荡去,像蛛网一样轻渺。春晓和杨果目送着老人的背影,怔怔的,谁都不说话。

"当、当……"罗老师敲响了小吊钟,钟声卡了壳,停顿了片刻,最后又坚忍地响了第三下——当!下午的第一节课开始了。

半个月以后的一个下午,肖书记突然来找杨果。

"杨果,你们出名了!"他拍了一下杨果的前胸,把手机举到杨果面前。

一篇选自某大报、题为《云中的梦想》的微信公众号文章赫然映入杨果眼帘,文章署名"石鹤田"。石鹤田的大名杨果知道,他是一位名扬全国的大教育家,他的观点在教育界有着广泛的影响力。《云中的梦想》写的正是石鹤田在云顶小学的所见所闻,学校的艰难过往,目前的困境,以及对未来的期许。在文章的末尾,石鹤田写道:"在云顶,我见到最美的爱心在绽放。我期待,未来能有更多的爱心雨露浇灌,让这株爱之树更加枝繁叶茂……"

　　杨果恍然大悟,原来,石鹤田正是那位貌不惊人的老爷爷,他写下这篇情真意切的文章,用他举足轻重的影响力为云顶小学呼唤更多的爱心。杨果读着读着,只觉得内心汹涌澎湃,因为他看到了文章后面连篇累牍的留言,无数不知名的读者在寻求云顶小学的联系方式,希望提供各种各样的帮助……

　　"这篇文章已经刷屏了!从今天一早开始,村委会的电话就被打爆了!全是来要求献爱心的,有要求捐赠的,有给云顶的旅游发展献计献策的,有希望来云顶小学当志愿者

云顶

的,还有一个顶级的建筑设计师,他说他愿意自费来云顶考察,为新的云顶小学选址,无偿设计新校舍……"肖书记兴奋地说着,又猛拍一下杨果的肩膀,"嘿!真有你的!杨果,你创造了一个奇迹!"

苗　苗

转眼,我上五年级了。

像所有云顶的孩子一样,到了四年级以后,我们都要去镇上的中心学校就读。我们住在那里,一星期、一个月或者半年回家一次。我一星期回家一次,李千万、金枝、幼菊和水冬他们也一星期回家一次,金锁半年回家一次——他们回的家和我的家是同一个地方——云顶小学。那里,是我感到最自在的地方,又能和心心、小石头、舒柳曼、香卉们在一起,我们一起梳头、洗脸、洗脚,一起吃同一个盆里的蒜薹炒腊肉,一起在操场上游

云顶

戏,一起坐在台阶上眺望远山。有时候,我们也闹别扭,但是只要睡一觉我们就和好了。

我们是一家人,家里人从来不会跟家里人真的生气。

不过,现在的云顶小学已经不在原来的地方——我们搬到了大山的对面。我们拥有了崭新的校舍、宽阔的操场、贴了瓷砖的厕所,妈妈拥有了可以在下雨天晾晒床单的简易棚,爸爸不再为油漆剥落的墙壁发愁,罗老师再也不需要敲那只哑掉的小吊钟——只需摁一下按钮,电铃就会奏出悦耳的音乐。陈老师依然在早晨唱歌,他的一年级教室里多了一架电子琴,他常常一边唱歌,一边弹电子琴为自己伴奏,也带领孩子们摇晃着身体唱歌。对了,还有更多年轻的面孔出现在校园里,他们从远方来,成为这里的支教老师。

从我们的新学校眺望对面的云顶,原先的云顶小学被改建成了漂亮的宾馆,它的红屋顶在天光下闪耀着迷人的光泽,每到假期,会有一拨又一拨城里的大人

和孩子进进出出。万亩高山茶园被淡淡的云雾笼罩,蜿蜒的柏油公路好像黛青色的飘带,飘向天的尽头。我想,那里一定有更美的地方。肖书记畅想的云顶的未来正在一步步变成现实——原来,在真实的世界里也可以创造童话。

有时候,妈妈坐在新校园的台阶上,望着远处出神,她会感叹:"我们真的遇见了《一千零一夜》里的阿拉丁神灯。"

对于爸爸和妈妈,老爷爷和老奶奶就是手持神灯的人,他们引来了好心人,好心人找到了更多的好心人,无数的好心人仿佛从天而降,他们不让我们花一分钱,就用最快的速度在最合适的地方建起了新的云顶小学。新的云顶小学陷落在群山的怀抱里,犹如苍翠的绒毯上点缀着一粒莹白的珍珠。那是我喜欢的房子,是心心、小石头、舒柳曼、水冬、香卉、李千万、金枝、金锁……我们所有人喜欢的房子。但是我也知道,我们喜欢它,不是因为它新,哪怕它还是像原来那么破那么旧,

 云顶

破旧得要垮掉，我们一样会喜欢它——就像千万哥哥说的，这里有我们的家，我们在一起，这就是最好的生活。

爸爸和妈妈说他们遇见了神灯，我却想，是爸爸妈妈的善良和爱为自己点亮了神灯。他们把自己也燃成了一盏灯。然后，他们点亮了更多的灯，罗老师、陈老师、素歌姨、肖书记、老爷爷和老奶奶，还有更多叫不出名字的好心人……他们都是明亮的灯。

我的妈妈叫春晓，我乐意她被别的孩子称作"妈妈"，她还让素歌姨成了更多孩子的"妈妈"。云顶的孩子缺少妈妈，可是我的妈妈和素歌姨，她们好像会魔法，把自己变成了很多孩子的"妈妈"。

我们先前不住在云顶。先前我们住在彩云镇。再往前，我们住在巴中城。爸爸杨果、妈妈春晓和我，我们从来没有分开过。

我喜欢讲故事，我在心里一遍又一遍悄悄地讲述，动情地讲述。有一天，我会把这些故事写在纸上，带给

云顶

更多的人。

  我还知道，总有一天，我会离开，会走得很远很远。心心、小石头、舒柳曼、水冬、幼菊、李千万、金枝他们也会离开……但我在心里编织了一个小小的梦——我的离开，是为了最终的回来，为了那些留在我身后的人，为了那些已经走出去、最终也要回来的人。

2021年4月11日—5月22日初稿
6月13日二稿
7月4日三稿
10月23日改定

后记

2009年,我的儿童小说《蜻蜓,蜻蜓》出版了——那是我第一次关注留守儿童的生存状况。写一个留守女孩安安和丑外婆之间的冲撞和接纳,写乡村在现代化进程中的无奈与困惑,表面上关注的是留守儿童,内核里,仍然在探讨亲情与爱。说到底,那时候写这个题材,是胆怯的、底气不足的。因为对乡村生活的生疏,也因为对留守儿童群体的隔膜,我所依仗的,只是大堆的乡村留守儿童调查报告和影像资料,以及有限的对乡村生活的隔岸观火的认知。于是,只能将这样一个题材浓缩于一个乡村家庭,具体而微到祖孙关系上。仿佛只有这样,我的内心才不再虚弱,已有的经验才能踏实地落到纸上。《蜻蜓,蜻蜓》固然感动了很多人,但我以为,它仍旧算不得真正地写留守儿童。

一晃,到了 2012 年春天。

"蚊子"在孩提时代曾经是我的读者,长大后当了乡村学校的特岗教师。她在博客上与我时有互动,我了解到她当时的工作状况,动念前往贵州大山,探望她和她的学生们。对于我来说,这次远行彻底开启了一个"新世界"。

"蚊子"的小学校位于峭壁之下的小村庄里,连接村庄和外界的,是一条坑洼蜿蜒的山路,不通汽车,也不能骑自行车。那里没有自来水,村民用水必须从山上引流,连看电视都是奢侈。自然没有集市,"蚊子"每周的食物全靠一只竹背篓,走路数小时背进山里。全校四五十名学生,只有两个老师,复班教学,教学条件之简陋自不必说,学校的厕所依然停留在原始状态——茅坑。村里几乎成了空巢,只剩老人和孩子,常常是,两个孩子孤单单地撑起一个家。山涧、峭壁、崎岖山路,让上学成为一件难事。每到汛期,涨水的河流水势湍急,更是截断了孩子们的上学路。除了上学,打猪草、下地劳作就是孩子们的全部生活。家中有父母的,多半因父母缺失外出打工的能力,不是哑巴妈妈,就是傻子爸爸。在那里,我见识了只造了一半却已住人的"石头框子"的家;见识了泥垒的房子里,漆黑如炭的墙壁和脏被子乱堆的床铺;见识了孩子在灶房的墙上用毛笔写下的"爸爸妈妈,我想你们"……

在山中度过的日子,于我有着非凡的意义。它是一种荡涤,也是一种启悟——即便生活艰辛如此,我在那些留守孩子身上看到的,依然是倔强的生命力;在他们的眼睛里感受到的,依然是童年的清澈和对未来的憧憬。

后来,我把在大山里的经历,写进了幼童小说"甜心小米"系列,触动了很多幼小孩子的心。一些孩子千方百计寻找真实的"蚊子老师"和她的学生们,希望能给予他们切实的帮助。小说里展现的生活以及山里孩子的精神世界,对于城市孩子来说,同样是一种心灵的荡涤。

我在想,假如现代化的进程无法阻止,我们又能做些什么,才能真正改变留守儿童的生存和未来?一定有很多人,像我一样思考着,寻求着答案。

  时隔八年,2020年的夏天,我听到了一个美好的词:"童伴妈妈"。这是一项由中国扶贫基金会启动的留守儿童关爱项目。项目通过"一个人、一个家、一条纽带"的模式,以"童伴妈妈"为抓手,以"童伴之家"为平台,为留守儿童建立安全监护网,试图为农村留守儿童提供福利与保护探索有效的途径,也为政府政策落地提供参考。

  一个人——童伴妈妈。项目为每个村聘请一位全职的儿童守护专员,将所在村全部孩子的福利、安全、健康都纳入其服务范畴,主要职责是及时发现问题、递送信息,并协调资源给予解决。一个家——童伴之家。通过日常开放以及定期组织主题活动为全村儿童成长助力。一条纽带——项目联动机制。项目与地方政府建立多部门参与的联动机制,形成有效的、直达儿童身边的服务网络,保障儿童福利政策的落实和儿童权利的保护。截至2020年4月底,项目先后联合共青团四川省委、贵州省民政厅、江西省慈善总会、云南省民政厅、湖北省民政厅和安徽省慈善与社会福利协会,与北京师范大学、中国公益研究院等技术支持方合作,在75个县898个村开展"童伴妈妈"项目,覆盖了51.9万名儿童。

我以为,"童伴妈妈"项目是一种真正的进步,从关爱留守儿童的物质生活,到守护他们的精神成长。这是经过这么多年,人们对"留守儿童"问题所给出的充满人性化的关爱方式。

中央电视台的《新闻调查》栏目先期报道了"童伴妈妈"项目计划,在该节目主持人长江老师的牵线下,在贵州省绥阳县民政局的精心安排下,2020年9月,我得以于暌违八年后,再次深入贵州大山,寻访"童伴妈妈"和留守儿童家庭。和八年前相比,大山里的生活今非昔比,通了自来水,坑洼山路被水泥路、柏油路替代,岌岌可危的泥砖房变成了二层小楼;看不到茅坑了,由政府补贴,给每个贫困户修了带抽水马桶、贴了瓷砖的厕所……那些像星星一样散落在大山里的"童伴妈妈",用她们的爱,照亮了乡村孩子寂寥的心。这些"童伴妈妈",有的是土生土长的本村人,有的从外面嫁过来,有的在外面打工重新回到家乡,她们也许没有受过很好的教育,但都具有比学识更加宝贵的"爱心"。

我很喜欢"童伴妈妈"的称呼,生活里,孩子们也亲热地叫他们的守护者"妈妈"。都说母爱是这个世界上最崇高无私的爱,但是有限的几次深入大山的经历,有一个现象让我困惑了:这里的孩子有很多缺失母爱,甚至,有的孩子生下来就没有享受过妈妈的怀抱和爱——那些从山外嫁过来的女性,吃不了山里的苦,常常地,抛下孩子和丈夫,去别处寻找属于自己的"幸福"了,又或者,丈夫出了变故,病了或者去世了,妈妈便改嫁,将孩子扔给爷爷或者奶奶,从此音信杳无……对于缺爱的孩子,"童伴妈妈"是春风化雨般的安慰与爱的补偿。

我还听说,在四川巴中的大山里,有一位特殊的"童伴妈妈"张蓉,她和丈夫陈果,早在二十年前,就从城里回到大山,建起一座留守儿童学校,先后守护了1000多名孩子的成长,他们被孩子亲热地称作"张妈"和"果爸"。今年初春,我终于有机会来到张蓉和陈果的"元顶小学",和老师、孩子吃住生活在一起。陈果和张蓉带着我认识他们深爱的大山,也带我认识村里各种各样的人……

元顶村是一个盛产茶叶的地方,常年多雨,云雾弥漫。雨雾中的群山美得朦胧,美得清丽。陈果曾对我说:这里的每个孩子背后都有一个让人心酸的故事。正因有了陈果和张蓉这样的守护者,才有可能让心酸的经历变成助力孩子成长的财富。

这部小说以"云顶"为题,"云顶",寓意云之端,象征着纯真、高洁与渺远。我想把这部小说,献给陈果、张蓉、李前梅、韩静、罗怡、汪绍敏、周开梅、杨晓彤等"童伴妈妈(爸爸)"们,献给所有关注和守护留守儿童成长的人。从"走出去",到"走回来"——这是中国乡村振兴的美好愿景。到那时,乡村的孩子才不会"失爱",一家人完整地幸福地生活在一起——这才是人们向往的"最好的生活"。

感谢新蕾出版社。我向来排斥命题作文,但这一次,他们的"命题作文"甚合我心,欣然受邀。我和新蕾出版社有着长期的友谊,感动于他们对于文学的尊重和坚守,与他们合作是一件愉快的事。感谢长江老师、贵州省绥阳县民政局、陈果和张蓉夫妇等给予支持和帮助的人(机构)。也感谢我所接触到的每一个乡村孩子,感恩他们给予我的心灵的触动——孩子,是成年人永远的启蒙者和老师。

2021 年 5 月 27 日